DANCING★HIGH

図書館版

ダンシング★ハイ

工藤 純子

海へGO《ゴー》！ドキドキ★ダンス合宿

カスカベ アキラ◉絵

ポプラ社

ダンシング★ハイ

海へGO《ゴー》！　ドキドキ☆ダンス合宿

佐久間《さくま》先生
イッポのクラスの担任《たんにん》。
クールな美人。
野間一歩《のまかずほ》／イッポ
小学5年生。
ドジで引《ひ》っ込《こ》み思案《じあん》だけど、
歌だけはちょっと得意。
白鳥沙理奈《しらとりさりな》／サリナ
おしゃれでかわいい、
クラスの女子の中心的存在《そんざい》。
家はバレエ教室。

人物紹介《じんぶつしょうかい》
東海林風馬《とうかいりんふうま》／ロボ
家は写真館で、カメラが好き。
運動に苦手だが、太極拳《たいきょくけん》をしている。
一条美喜《いちじょうよしき》／ミッキー
ダンスが得意な元芸能人《げいのうじん》。
かっこいいけど、
無愛想《ぶあいそう》な一ぴき狼《おおかみ》。
杉浦海未《すぎうらうみ》／ネコ
動物好き。
特にねこが好きで、
自分で洋服をねこ風に
アレンジしている。

もくじ

1 嵐《あらし》がやってきた！

夏休みに入って、気温はぐんぐんあがっていった。それといっしょに、あたしの気持ちもぐんぐん盛《も》りあがっている。

「ワン、ツー、スリー、フォー、ファイブ、シックス、セブン、エイッ！」

軽やかな足音が響《ひび》く。「じゃあ、休憩《きゅうけい》〜」とサリナがいって、あたしたちはタオルで汗《あせ》をぬぐい、ペットボトルの水をのどに流しこんだ。

四月に五年一組に転校してきたあたしは、サリナにさそわれてダンスをはじめた。

サリナが集めたダンスチームのメンバーは五人。

学校があるときは、月曜と水曜の放課後と土曜しか練習できないけど、夏休みはほぼ毎日練習できる。きょうもその五人で、ダンスの練習の真《ま》っ最中《さいちゅう》！

「最近《さいきん》、体がやわらかくなったし、軽いんだよね〜」

バレエ教室をしているサリナの家の地下が、あたしたちの練習場所。かべ一面にはられた鏡の前で、あたしは習ったばかりのステップを、タンッタンッタンッと軽やかにふんでみせた。

「マジか？　そうは見えないけどな」

ミッキーって呼《よ》ばれている一条美喜《いちじょうよしき》が、ふんっと鼻を鳴らした。子役タレントとして活躍《かつやく》してた元芸能人《げいのうじん》で、ダンスがめちゃくちゃうまいし、見た目もかっこいい。でも、口が悪すぎ！

「そんなことないよ。イッポの体、最初は石みたいだったけど、いまは大福《だいふく》みたいにやわらかいし！」

大福!?　って思ったけど、白鳥沙理奈《しらとりさりな》のむじゃきな笑顔に、何もいえない。サリナってかわいくて、バレエも上手。そのうえ、自分だけのダンスを見つけたいって、あたしたちを集めてダンスチームまで作っちゃったんだから、その根性《こんじょう》もすごい！

「じゃあ、これ、できるかにゃ？」

そういいながら、ネコは、ひょいっとさかだちをしてから、ブリッジすると、ぴょんっと起きあがった。杉浦海未《すぎうらうみ》は、本物のねこみたいに身が軽くて、半そでパーカーのぼうしにも耳をぬいつけちゃうほどのねこ好き。だから、あだ名もネコっていう。ファッションも大好きで、ダンスの衣装《いしょう》もデザインしてくれる。

「むりに決まってるじゃん。イッポにそんなことができたら、嵐《あらし》がくるだろうな」

自分だって運動音痴《おんち》なくせに、メガネをおしあげて皮肉をいうのは東海林風馬《とうかいりんふうま》。かっこいいロボットダンスができるようになるのが目標で、あだ名はロボ。体育のときにわらったクラスのみんなを、いつか見かえしてやるってはりきっている。

「嵐ってどういうことよ！　こんなにいい天気なのに、嵐がくるわけないじゃない！」

あたしがいいかえすと、

「だ・か・ら、それくらい、ありえないってことだよ」

と、ロボは平気な顔でいった。

ムッカ～！

さっきからさんざんいわれている、あたしのあだ名はイッポ。野間一歩《のまかずほ》の名前から、サリナがつけてくれて、けっこう気に入っている。たしかにあたしは運動苦手《にがて》だし、体もかたくて、ついでに方向音痴《おんち》だけど、毎日すっごくがんばってるんだから！

ロボに反撃《はんげき》しようとした、そのとき。

教室のドアがバンッとあいて、熱風が、ぶわっと入りこんできた。

「あっつ～っ！」

みんなが、ぎょっとしてふりかえる。

「なんで日本の夏って、こんなに暑いのぉ～？」

金髪《きんぱつ》で青い目の女の人が、手で顔をあおぎながら入ってきた。丈《たけ》の短いトップスからはおへそがでているし、短パンからはすらりと長い足がのびている。

だ、だれ!?　外国人？

「あらぁ、サリナ、ひさしぶり！　こんなところにいるなんて、休みの日までバレエの練習？　熱心だね～」

サリナの知り合い？　と思ってふりむくと、サリナは宇宙人《うちゅうじん》でも見るように、目を見開いていた。

「お姉ちゃん！」

「お姉ちゃん!?」

あたし、ロボ、ネコの声がそろった。この人が、サリナのお姉さん!?

「あ、エリナ」

ミッキーだけが、冷静だった。

「やだぁ！　ミッキーもいたのぉ？」

そういって女の人は、がばっとミッキーに抱《だ》きついた。


信じられない、信じられない、信じられな〜い！

じたばたとあばれるミッキーから、やっとはなれたと思ったら、

「ただのあいさつよぉ。これ、ハグっていうんだよ」

と、女の人はあっけらかんといった。

あたしは心の中でぶつぶつと文句《もんく》をいいながら、サリナのお姉さんだという、エリナさんをじとっとにらんだ。

「ふ〜ん。みんなでダンスしてるんだ？　チーム名がファーストステップなんて、かっわいい〜！」

いろいろ質問《しつもん》されて、説明したらそういわれた。かわいいって……なんだか、カチンとくるのはあたしだけ!?

「サリナにお姉さんがいたなんて、知らなかったにゃ〜」

ネコが、エリナさんをじろじろと見ながらいった。

「髪《かみ》の毛は金色だしぃ、目も青いしぃ、ほんとうにお姉さん？」

あたしも疑問《ぎもん》に思ってたことを、ネコがズバズバといってくれた。

「髪《かみ》の毛はそめてるし、目はカラコン入れてるの！　青いカラーコンタクトだよ」

そういってエリナさんは、目を大きくしてみせる。

いくらなんでも派手《はで》すぎ！　あたしが眉《まゆ》をひそめると……。

「ステキだにゃ〜！」

ネコが、目をきらきらさせてすりよっていった。

「青い目、かわいぃー！　髪もかっこいぃー！　この服、どこで買ったにゃ!?」

「ふふ、あなたのねこ耳もステキよぉ」

ネコのセンスもかなり変わってると思うけど、なんだかふたりは気があうみたい。

「それで、エリナさんは、どこからきたんですか？」

ロボのメガネが、疑《うたが》わしそうにきらりと光る。そうそう、それは、あたしも気になってた。いままで、何度もサリナの家で練習してるけど、お姉さんなんて見たこともきいたこともない。

「……お姉ちゃんは、わたしが八歳《さい》のとき、とつぜんいなくなっちゃったの」

サリナが、おずおずと口を開く。

「いなくなったって?」

みんなが首をかしげた。

「高校を卒業してすぐに、荷物をまとめていなくなっちゃって……みんなにさんざん心配かけたあと、いま、ニューヨークにいるって、電話がかかってきて」

「ニューヨークぅ!?」

あたしたちは、目を丸くした。

「高校卒業っていったら、まだ十八歳《さい》ですよね? 家出にしては、大胆《だいたん》すぎませんか!?」

ロボが強い口調《くちょう》でせめても、エリナさんはまったく気にしないようす。それどころか、ハーフパンツからのびたロボのふくらはぎをすりすりとなではじめた。

「ちょ、な、何をするんですか!」

「いや〜、きみ、ひょろっとしてるけど、きれいに筋肉《きんにく》がついてるじゃない」

きょとんとしたロボが、ぱっと顔を赤くした。

「え……太極拳《たいきょくけん》、やってるせいかな?」

「わお！　太極拳《たいきょくけん》!?　クールだね！」

ヒュッと、口笛なんかふいている。

「へ？　クールって、かっこいいってこと？　いやぁ～、それほどでもぉ」

エリナさんの反応《はんのう》に、ロボはまんざらでもないって顔をして、でれっとした。

「それでエリナは、ニューヨークで、何をしてたんだよ」

ミッキーが、するどくきいた。ミッキーとサリナは、幼稚園《ようちえん》のときからいっしょだといってたから、エリナさんのことも知ってるみたい。だから年上でも、エリナって呼《よ》びすてにしてるんだろうけど……なれなれしいのが気になる。

「ミュージカルだよ。わたし、高校生のとき、ミュージカルにはまっちゃったんだよね。そのときから、ブロードウェイでおどりたいって思ってたの」

ミュージカル？　ブロードウェイ？

「え？　まさか、ダンスをしにアメリカへ？」

ミッキーは、さっと目の色を変えると、身を乗りだした。わけのわからないあたしたちに、サリナが説明してくれる。

「アメリカのニューヨークにあるブロードウェイは、ミュージカルの本場なの。たくさんの劇場《げきじょう》があって、有名なミュージカルを毎日やってるんだ」

へぇ……。そんなところがあるんだ。

「ミュージカルをやるなら、やっぱりニューヨークにいかなきゃ。わたし、一から勉強しようと思って、アルバイトをしながら、現地《げんち》のミュージカルの学校に通ってるの」

「マジで？　すごいなぁ」

いつも冷静なミッキーが、ほおを赤くして興奮《こうふん》している。そんなミッキーに、エリナさんは、ますますはしゃいでいった。

「この間なんて、ジャック・キートンとおどったんだよ！」

「え！　ジャック・キートンって、ストリートダンスの神さまっていわれてる!?」

「そうそう。いろいろ教えてもらっちゃった。何しろ今度、大きな舞台《ぶたい》に立てるかもしれないから、勉強しないとさぁ」

「エリナ、ブロードウェイでおどるのか!?」

エリナさんとミッキーは、あたしの知らない話題で盛《も》りあがりはじめた。ミッキーは、他のことには興味《きょうみ》ないくせに、ダンスのことになると夢中《むちゅう》になる。

ネコもロボもくわわって、楽しそうに話しはじめた。でも、あたしはまだ、エリナさんって人がよくわからない。いきなりサリナのお姉さんっていわれてもぴんとこないし、ミッキーと仲がいいのも気に入らない。ネコとロボがすぐにうちとけたことも、置いていかれた気分で……。

すると、あたしとエリナさんの目が、ぱちっとあった。

「あなたは……イッポだったよね？　なんか、怒《おこ》ってる？」

そういってエリナさんが顔を近づけてくるから、あたしは思わずのけぞった。甘《あま》くていい匂《にお》いがする。近くで見ると、すごくきれいでますますイヤになる。

「あ、もしかして！」

エリナさんはあたしを見ると、意味ありげに、にたっとわらった。そして、何もかもお見通しって顔で、こそっと耳もとでささやく。

「イッポ、この中に好きな人がいるんでしょう？」

「えぇ!?」

思わず、とびのいた。

こ、この人、宇宙人《うちゅうじん》？　魔女《まじょ》？　超能力者《ちょうのうりょくしゃ》⁉

ごくっとつばを飲んで見つめかえすと、エリナさんは、うふふっと魅惑的《みわくてき》にわらった。

「ちょっと、いいかげんにしてよ！」

とうとう、サリナの怒《いか》りが爆発《ばくはつ》した。

「練習のじゃまをしないで！　勝手にでていったくせに、いまさらなんなの⁉」

怒《おこ》るとすごい迫力《はくりょく》。特にダンスのじゃまをされると人が変わってしまって、天使から悪魔のようになるのはいつものこと。

でも、三年ぶりに会ったお姉さんに、こんなにはげしく怒るのは……ちょっと変？

「やだなぁ。サリナったら、そんな顔したら、かわいい顔が台なしだよ」

それでも、エリナさんはマイペース。慣《な》れた感じで、サリナの言葉をかわしながら、あっけらかんとわらっている。

「どうして帰ってきたのよ！」

声を荒《あら》げるサリナに、あたしたちはおろおろした。いくら姉妹でも、ちょっといいすぎのような気がする。

「もー、ムキになっちゃって！　ひさしぶりに、かわいい妹の顔が見たいなぁと思ったのにさ」

エリナさんは、サリナの態度《たいど》に怒《おこ》るわけでもなく、さらっと流している。そんなようすに、サリナはますますイラついてるように見えた。

「沙理奈《さりな》のいう通りよ」

そのとき、あいてたドアから、サリナのお母さんが入ってきた。バレエ教室の先生をしててスタイルがいいから、うちのお母さんよりもずっと若《わか》そうなんだけど……。

こんなに大きな子どもがいたなんてびっくり。

「長い休みがとれたから、ひさしぶりに羽衣《はごろも》海岸でリフレッシュしたいですって？　そんな勝手がゆるされると思うの？」

お母さんの言葉も、サリナに負けないくらいトゲがあった。

「いいじゃない、この家に迷惑《めいわく》かけるわけじゃないんだから」

「甘《あま》えないで。あなただって、覚悟《かくご》を決めてでていったんでしょう!?」

ぴしっとさえぎるお母さんに、エリナさんの笑顔がかたまった。でも、すぐに目をそらし、またへらっと軽い調子にもどる。

「だいじょうぶだよ。ちょっとゆっくりしたら、すぐにアメリカに帰るからさ」

きびしい顔のお母さんに、たたみかけるようにいった。

「おじさんにも、泊《と》めてくれるように、もう了解《りょうかい》とってるし」

よくわからないけど、エリナさんはどこかにいくみたい。それをきいて、少しほっとした。嵐《あらし》みたいなこの人がそばにいると、あたしたちの日常《にちじょう》まで乱《みだ》されそうで……。

「そうだ！　ねぇ、みんなもいっしょに、羽衣《はごろも》海岸にいこうよ！」

え？

あたしたちは、きょとんとしてエリナさんを見つめた。

「親せきのおじさんが、そこで民宿をやってて、泊《と》まりにいくつもりなの。みんなも、夏休みなんでしょう？　夏っていったら海だよ。わたしがダンス、教えてあげるし、いい合宿になるよ！」

「ちょっと待ちなさい！　それは話が……」

いいかけたサリナのお母さんの声が、あたしたちの叫《さけ》び声にかき消された。

「合宿～!?」

うそ……。

あたしの頭の中に、いろんなことがうかんだ。エリナさんは苦手《にがて》だけど、海にはいってみたい。しかも合宿ってことは、ミッキーといっしょにお泊まりできるってことで
……きゃ～！

「そんなこと、勝手に決めないでよ。みんなの都合だってあるんだから」

「そうよ。そんなのむりに決まってるじゃない！」

サリナとお母さんが反対すると、ミッキーがつぶやいた。

「でも、本場で習ったダンスを勉強できる、チャンスだよな」

わ……。ミッキーもいく気満々⁉

「ぼく、家が写真館やってるから、夏休みに海とかいったことないんだ」

ロボが、鼻息を荒《あら》くした。

「うちも！　お母さん、お直しの仕事がいそがしくて、ねこと遊ぶくらいしか予定ないし……」

ネコのお母さんは、洋服のお直しやリフォームをする仕事をしている。親がいそがしいと、夏休みっていっても、どこにもいけないいんだよね。

「イッポは？」

エリナさんに顔をのぞきこまれて、あたしは動揺《どうよう》した。

「あ、あたしは、お父さんとお母さんに、きいてみないと……」

「でも、いきたいでしょう？」

意味深にほほえむエリナさんに、また心の中をのぞかれたようで、どぎまぎした。

「ほらね」

エリナさんは勝ち誇《ほこ》ったように、サリナとお母さんを見つめた。

「みんな、家の人にきいてきてよ。いき先は、羽衣《はごろも》海岸。出発は三日後で、期間は二週間。宿泊《しゅくはく》先は、うちの親せきが経営《けいえい》している民宿だから安心だよ。宿泊代は、お手伝いしてくれれば、タダにしてもらえるよう、たのんでみる。夏休みの宿題もわたしがバッチリ見てあげて、全部おわらせてみせるから！」

うわ。なんか、すごい、夢《ゆめ》みたい！

ダンスを教えてもらえて、海があって、そのうえタダかもしれないなんて！　宿題は、どうでもいいけど……。

「よーし、じゃあ、はりきっていこー！」

エリナさんが、元気よくいった。

2 ダンス合宿にレッツゴー！

つぎの日、どんぐり公園にいくと、木陰《こかげ》でサリナが待っていた。

「おはよう。きいてみた？」

サリナが、心配そうにいう。

「うん。お母さんもお父さんも、大賛成《だいさんせい》だったよ！」

あたしは、やっぱりうれしかった。みんなと合宿だなんて、ワクワクしちゃう。

「ダンスをはじめてから、積極的《せっきょくてき》になったし、明るくなったって。あたしがこうなれたのも、サリナのおかげだから、親もサリナのことを信用してるみたい」

サリナは毎朝マラソンにさそいにくるし、礼儀《れいぎ》正しいし、成績《せいせき》も優秀《ゆうしゅう》！それだけでも親のウケがいいのに、家もバレエ教室をしているきちんとした家庭っていう印象らしい。

「そのうえ、エリナさんが宿題も見てくれるっていってくれたから、ぜひいきなさいって感じ。きょう、さっそくサリナのお母さんにごあいさつするっていってたよ」

何しろあたしは、夏休みの宿題を最後までためる常習犯《じょうしゅうはん》……。みんなといっしょなら、きっとやらざるを得ないだろうと見こんだみたい。エリナさんは、そういう大人の反応《はんのう》もわかってて、ああいったんじゃないかな。

「ふ〜ん」

でもなぜか、サリナは喜びもせず、うかない顔をしていた。

「ロボもネコも、だいじょうぶそうだよね。問題は……ミッキーかな」

「どうして？」

あたしは、ドキッとした。ミッキーも乗り気だったはず。ミッキーがいけないんじゃや、楽しさ半減《はんげん》だ。

「ミッキーの親は、ふたりとも働いてるじゃない？　だから夏休みといっても、いつも通り家事をしたり、兄弟の面倒《めんどう》を見たりしなくちゃいけないだろうし……」

あ……。そうだった。

ミッキーは五人兄弟の長男で、いつもお手伝いをして、家事をいろいろやっているみたい。家がうちのすぐ裏《うら》だから、弟たちや妹と遊んでいる姿《すがた》もたまに見かける。ふだんは無口でおっかないけど、そういう姿《すがた》を見ると、意外とやさしいんだなってほっこりした気持ちになる。

「そっか。ミッキー、練習だって、ときどきしかこれないもんね」

夏休みに入ってから、あたしたちは毎日のように練習しているけど、ミッキーはそういうわけにはいかない。二時間くらいしたら帰るとか、一日中こない日もある。まぁ、ミッキーはダンスがうまいから、毎日こなくてもまったく問題ないんだけど、合宿となるとそういうわけにはいかないだろう。

そのうち、ロボとネコもやってきた。やっぱり、ふたりともオーケーだったみたいでにこにこしている。

「じいちゃんが、こんなチャンスめったにないから、いってこいってさ」

ロボの言葉に、首をかしげる。

「チャンスって、なんの？」

「さぁ……。イケメンに負けるなとか、男は顔じゃないとか、意味不明なこといってたけど」

そ、それって……。

ロボのおじいちゃんったら、まだ、あたしがロボのガールフレンドで、ミッキーがそのライバルだって信じてるの!?

「うちのお母さんも、助かる〜っていってたにゃん。うちがいると、裁縫《さいほう》道具をいじるから、仕事が進まないんだってさ！」

ネコが、にゃははってわらう。う〜ん、遠回しに、じゃまっていわれているような。

「ミッキー、こないね」

サリナがいって、あたしたちは公園の入り口に目を向けた。やっぱりサリナのいう通り、ダメだったのかな。

しばらくして、ポケットに手をつっこんで歩いてくる、ミッキーの姿《すがた》が見えた。ゆっくりと、こちらに向かって歩いてくる。その姿は、うなだれているようにも見えた。

「どうだった!?」

あたしたちは身を乗りだした。

「今年の夏は、一番下の妹も大きくなったことだし、じいちゃんとばあちゃんのいる九州《きゅうしゅう》に、五人でいくことになってたんだ」

え……。そうなの?

「だから、ダメかなって思ってたんだけど、オレだけ海にいってもかまわないって」

「え〜! ほんとう?」

「やったぁ!」

あたしたちはとびはねた。

「たまには、思いきり好きなことやってこいって、いってくれてさ」

少し照れたように、ミッキーがいう。いつもお手伝いをがんばっているからこそ、そんなふうにいってもらえたんだろうなって思う。

「ね、ね、海にいったら何する!? やっぱり、花火? すいか割《わ》り?」

あたしの頭の中は、もう海のことでいっぱいだった。

「持ち物は？　水着とぉ、うきわとぉ」

「はい！　ぼく、ビーチボール持っていく！」

ネコとロボもはしゃいで、すっかり盛《も》りあがっていると、ひとり沈《しず》んでいるサリナがため息をついた。

「サリナ、どうしたの？　あ、そっか！　ダンスの合宿だもんね。練習第一！」

遊ぶことばかり考えているあたしたちに、あきれたんだと思ったんだけど……。

「わたし、お姉ちゃんのことが……きらいなの」

え？

落ちこんでいるサリナに、みんなが顔を見あわせた。

「ぼくんちも妹がいるけど、生意気で仲悪いよ」

「うちも～。お兄ちゃん、意地悪だしぃ」

ロボとネコが、わかるというようにうなずきあう。ふたりとも、兄弟がいたんだ
……。もしかして、ひとりっ子ってあたしだけ？

ちょっとさびしいなって思ったけど、兄弟って、そんなに仲が悪いものなのかなぁ。

「サリナのところは、ちょっと事情《じじょう》がちがうよな」

ミッキーが、大人顔でつぶやいた。

「ほんとうは、エリナが白鳥《しらとり》バレエ教室を継《つ》ぐはずだったんだから」

え……そっか。

サリナは、自分のダンスを見つけたいって、ダンスチームを作った。だけどサリナにバレエ教室を継がせたいお母さんは、そのことをあんまりよく思ってないみたい。

でも、そもそもお姉さんがいるなら、サリナが継ぐ必要はなかったはず。

「だって、エリナさんはバレエをやってないんでしょう?」

事情はわからないけど、バレエをやってないならしかたない。

「お姉ちゃんも、小さいころからバレエをやってたよ。しかも、すごくうまかった。いろんなコンクールで優勝《ゆうしょう》して、天才って呼《よ》ばれてたの」

「えぇ〜!?」

あたしたちは目を丸くした。

あのぶっとんだエリナさんが、バレエの天才!?　エリナさんが優雅《ゆうが》にバレエをおどる姿《すがた》なんて、想像《そうぞう》できない。

「じゃあ、どうして……」

「お母さんも、周りの人も、お姉ちゃんは高校を卒業したら、当然バレエの道に進むと思ってたの。それなのに、とつぜん姿を消して、ニューヨークでミュージカルダンサーをめざすなんていって」

あたしは声もでなかった。家族も、友人も、期待された将来《しょうらい》も投げだして、とびだしていっちゃうなんてびっくり。

そのせいでエリナさんの役割《やくわり》が、サリナに回ってきてしまったってこと!?

だとしたら、サリナがエリナさんをきらう気持ちはよくわかる。お姉さんのわがままのせいで、きびしいレッスンを受け、お母さんの期待を背負《せお》うはめになったのだとしたら……。

「正直、会いたくなかった。あんな自分勝手で、ノリだけで生きているようなお姉ちゃんを見ていると……どんどんきらいになっちゃいそうで」

そういって、唇《くちびる》をかみしめている。

なんて声をかけていいかわからずにいると、遠くから声がきこえてきた。

「お〜い、いたいたぁ！」

重い空気をふきとばすようにやってきたのは、ダンスのコーチをしてくれている、五年一組の担任《たんにん》、佐久間《さくま》先生だ。

「あれ？　先生、学校は？」

あたしたちは夏休みだけど、先生って、休み中でもいそがしいらしい。毎日学校にいって、いろいろやらなくちゃいけないみたいで……ダンスの練習もたまにしか見てもらえなかった。

「ちょっと、ぬけだしてきた。サリナのお母さんから、みんなが合宿にいくことになりそうだからって、連絡《れんらく》もらったの」

そっか！　肝心《かんじん》の佐久間先生に、合宿のことを伝えるの忘《わす》れてた！

「もしかして、佐久間先生もいけるんですか⁉」

あたしたちは期待の目で見つめたけど、先生は首を横にふった。

「それはむり。でも、エリナがダンスを見てくれるっていうから、安心してる」

「え？　先生も、エリナさんのこと知ってるの？」

あたしは、ちらっとサリナを見てからきいた。

「うん。白鳥《しらとり》バレエ教室に通ってたとき、友だちだったから。年も近いし、お互《たが》いアドバイスしたり、相談しあったりしてね」

そういわれると、佐久間《さくま》先生のほうが少し年上だけど、友だちといわれても違和感《いわかん》はない。

「バレエはもちろんだけど、エリナのヒップホップやジャズダンスもすごいよ。みんな、勉強になると思う」

あたしたちは顔を見あわせて、サリナの

ようすをうかがった。エリナさんの話がでるたびに、サリナの元気がなくなる気がする。

アメリカでも活躍《かつやく》しているみたいだし、あたしだってエリナさんのダンスを見てみたいけど……サリナの気持ちを思うと気がひける。

ところがサリナは、さっきまでの落ちこんだようすをふりはらうようにして、くいっと顔をあげてほほえんだ。

「そうですよね。わたしも、チームのためになると思います。がんばります！」

サリナ……。

みんなのために、いっしょうけんめい気持ちを切りかえている感じ。

よし、ここまできたら、いくしかない！　あたしがサリナを守ろうと、心に誓《ちか》った。

3 砂浜《すなはま》のきつーい特訓！

地元の駅で待ち合わせをして、電車を乗り継《つ》ぎながら、羽衣《はごろも》海岸に向かった。

みんなといっしょだと、電車に乗るだけでも楽しくて、時間を忘《わす》れてしまう。駅につくと、サリナの親せきだというおじさんが、車で迎《むか》えにきてくれていた。

「遠いところから、よくきてくれたなぁ」

にこにこするおじさんに、「よろしくお願いします！」と、みんなであいさつをした。

車にゆられてしばらくすると、潮《しお》の香りがして、真っ青な海が見えてきた。

「わぁ、海だ、海だ！」

あたしたちは、興奮《こうふん》しながら車の窓《まど》を全開にした。

「気持ちいい～」

心地いい風が、するりと髪《かみ》をなでていく。こんなところで、二週間もすごせるなんて最高！

「サリナちゃんもエリナちゃんも、小さいころは、よく遊びにきてたよなぁ」

真っ黒に日焼けしたおじさんが、バックミラーを見ながらいうと、サリナがはにかんだようにうなずいた。

「エリナちゃんなんて、アメリカにいく前は、夏休みになると毎年ひとりできてたよなぁ。バレエやってる子が、そんなに日焼けしてだいじょうぶなのかって、ひやひやしたけどさ」

エリナさんが、アハハとわらった。

「だって、バレエよりもこっちのほうが、ずっと楽しかったもん。わたしの第二のふるさとって感じ！」

「まぁ、エリナちゃんは、ここいらじゃ、有名なアイドルだったからなぁ。それで、今年もアレ、やるのかい？」

アレって？

あたしたちは、首をかしげた。

「もちろん！　それをやりにきたんだもん」

エリナさんはほほえんで、窓《まど》の外の海に目を向ける。

おじさんはサリナとエリナさん、交互《こうご》に話しかけたけど、ふたりが視線《しせん》をかわすことは一度もなかった。

到着《とうちゃく》した民宿は、こぢんまりした古い民家だった。

格子《こうし》の引き戸をあけると広い玄関《げんかん》があって、囲炉裏《いろり》がある部屋もある。

サリナの親せきだから、なんとなくおしゃれな洋館をイメージしてたんだけど……。

「古い家を買いとって、改築《かいちく》したんだ。柱もしぶくていいだろう？」

おじさんは目を細めて、古くてぴかぴか光る柱をなでた。そういわれると、なんだか味わい深い感じ。田舎《いなか》に帰ってきたような温かみが感じられて、ゆったりとくつろげる。

「さあさあ、つかれたでしょう？　あがって、お茶でも飲んで」

おばさんもやさしそうな人だった。

お茶を飲んでひと息つくと、エリナさんがいった。

「みんなの部屋は二階ね。一応《いちおう》、男女は別にしておいたから」

そういって、さりげなくあたしにウインクする。

も〜、いちいち意識《いしき》させないでほしい！

「部屋に荷物をおいて水着に着がえたら、スニーカーを持って、裏《うら》のビーチに集合！」

うわ、さっそく？　しかも、どうしてスニーカー？

エリナさんの指示で、あたしたちはそれぞれの部屋にわかれると、着がえて海に向かった。裏口から民宿をでて、コンクリートの階段《かいだん》をおりていくと、真っ白な砂浜《すなはま》が目の前に広がった。

「うわぁ、すごーい！」

ザザーン、ザザザザザ。

ザザーン、ザザザザザ。

よせては返す波の音。照りつける太陽の光。真っ青な空には、白い雲がくっきりとうかんでいる。

あたしは、深く息をすいこんだ。

広々とした海は開放的で、体の中がスーッとあらわれていくよう。

キャアキャアとはしゃぐ小さな子たちの声にまぎれて、ロボとミッキーの声もきこえた。もう海に入って走り回っている。

それを見つけて、ネコも走りだした。

「あれ？　準備体操《じゅんびたいそう》は？」

「遊びながらする～！」

そういうネコを、サリナがしょうがないなって顔で追いかける。

あたしも熱い砂浜《すなはま》を走り、よせる波に足首をつけた。ひやっと冷たくてびっくりしたけ

ど、すぐに慣《な》れて、どんどん海に入っていく。

「わぁ、遠浅《とおあさ》なんだぁ！」

見ると、かなり遠くのほうまで、小さく人が見えた。

「うん。あの辺でも腰《こし》くらいまでしかないから、家族連れにも人気なんだ。水もきれいだし、うちも家族でよく遊んだなぁ」

となりでサリナが、なつかしそうにいった。

「どうして、サリナはこなくなっちゃったの？」

おじさんのいい方だと、エリナさんはずっときてたみたいだけど……。

「なんでだろう……わたし、負けずぎらいだから、お姉ちゃんとくらべられるのがいやだったのかもしれない。いつの間にか、あまりいっしょに行動しなくなっちゃったの」

そういって、ため息をついた。

そっか。できのいいお姉ちゃんを持つと、そんな悩《なや》みがあるんだな。だれかとくらべられるなんて、あたしだっていやだ。

「こらあ！　だれが、海に入っていいっていったぁ！」

波の音に負けない大きな声に思わずふりかえると、ビキニをきたエリナさんが立っていた。うわ……スタイル抜群《ばつぐん》！

エリナさんに手招《てまね》きされて、あたしたちは砂浜《すなはま》にあがった。

「遊びにきたんじゃないでしょ！　まずは、準備体操《じゅんびたいそう》してから、マラソンだよ」

「え〜！　こんなところにきてまでマラソン⁉」

ロボが叫《さけ》んで、あたしたちも口をとがらせた。せっかく海にきているのに、いつもと同じようなことをするなんて！

「そうよ。あんたたちのコーチに、練習メニューをわたされたんだから。ひと通り練習がおわって、よゆうがあったら遊ばせてあげる！」

佐久間《さくま》先生ったら、ちゃっかりしてる……。だから、スニーカーが必要だったのか。

あたしたちはしぶしぶ準備体操をして、スニーカーをはいて砂浜を走った。

「うわ……きっつーい」

スニーカーが砂にめりこんで、ふつうの道を走るより、足が重く感じられる。

「だからいいんじゃない。砂浜は走りにくいけど、その分足腰《あしこし》がきたえられるんだよ」

そういうエリナさんの足取りは、砂浜《すなはま》を走っているとは思えないほど軽快《けいかい》だ。砂浜に寝《ね》そべったり、ビーチボールで遊んだりしている人たちが、不思議そうな顔であたしたちを見ていた。

そんな中、何人もの人が、こちらに向かって声をかけてくる。

「よぉ！　エリナじゃないか、ひさしぶり！」

「エリナちゃん、相変わらず元気だねぇ」

「あれぇ？　アメリカじゃなかったの？」

そのたびに、エリナさんは返事をしたり、手をあげたり。どうして、こんなにたくさん知り合いがいるんだろう？

「昔からお姉ちゃんは、どこでも、すぐに人気者になったから……」

波にかき消されそうな声で、サリナがぼそっといった。

そういえばおじさんも、エリナさんは、ここいらじゃアイドルだっていってたっけ。

でも、どうして？　たしかにエリナさんは目立つし、きれいだし、プロポーションもばつぐんだけど……声をかけてくる人は、男女も、年齢《ねんれい》も関係ないみたい。

マラソンがおわって、今度は木陰《こかげ》に入ってストレッチをした。

太陽にさらされた砂浜《すなはま》は、焼けるように熱いけど、木陰《こかげ》に入るとうそみたいにひんやりしていた。さらに、海からの風が涼《すず》しくて気持ちいい。

「わ、ネコって、体がやわらかいねぇ！」

「こんなことも、できるにゃん！」

エリナさんにほめられて、ネコはブリッジしたり宙《ちゅう》返りしたり、砂浜の上でいろんなことをやってみせた。

「ロボも、体幹《たいかん》がしっかりしているから、ダンスに向いてるかもね！」

「ほ、ほんとうですか⁉」

エリナさんの水着姿《すがた》に、目をうろうろさせていたロボが、ぱっと顔を赤くした。わかりやすすぎて、こっちがはずかしい。

「ねぇ、ミッキー」

黙々《もくもく》とストレッチをしていたミッキーに、エリナさんが声をかけた。

「ひさしぶりに、いっしょにおどってみない？」

「……いいけど」

ミッキーがのそっと立ちあがると、エリナさんは、持ってきた音楽プレーヤーに手をのばした。ノリのいい洋楽が流れてくる。

ふたりは全身でリズムをとりだすと、同時に、同じステップをふみはじめた。

え？　なんで？

どんなステップにしようとか、打ち合わせたようすはまったくない。

それなのに、気まぐれのようにステップを変えながら、ミッキーとエリナさんは同じようにおどっている。

すごい……。

ミッキーとエリナさん、楽しそう。息もぴったりでうまい。それは、はたから見てもステキで、うらやましくて……。

以心伝心《いしんでんしん》って、こういうことをいうんだろうな。

ふたりが楽しそうにすればするほど、あたしの胸《むね》はちくちく痛《いた》んで、心はもやもやした。そんな自分が、いやになる。

あたしだって、あんなふうにおどりたい。

でも……絶対《ぜったい》にむり！

ふたりから目をそらすと、かたい表情《ひょうじょう》で見ているサリナが目に入った。あんな人とくらべられたら……。サリナのつらい気持ちが、少しだけわかったような気がした。

シャワーで砂《すな》をあらい流し、民宿にもどると、もうくたくただった。

「ほら、休んでる暇《ひま》はないよ！　夕飯のお手伝い！」

息をつく間もなく、エリナさんがやってきて、台所に連れていかれた。すでにミッキーが、じゃがいもの皮むきをしている。

「へ～、器用だねぇ」

ミッキーは、いともかんたんに包丁《ほうちょう》をつかってするすると皮をむいていた。

「これくらい、できるだろ、ふつー」

そういわれたけど、実はあたし、包丁をつかったことがほとんどないんだよね。調理実習でも得意な子にまかせちゃってるし、お手伝いしなさいってお母さんにいわれても、面倒《めんどう》だし、不器用だし……。こんなことなら、少しでも練習しておけばよかった。

「あ、あたしは、こっちをやろうかなぁ……」

ロボが、枝豆《えだまめ》の端《はし》をハサミで切っていた。これなら、あたしにもできそう。すると、ネコもやってきて、みんなでチョキチョキと枝豆を切った。

「ったく……。しょーがねぇなぁ」

あたしたちを見て、ミッキーがあきれている。

「ミッキーは、いいお婿《むこ》さんになるね。結婚《けっこん》相手がうらやましいよ」

け、結婚!?

エリナさんの言葉にドキッとした。エリナさんのいう通り、お料理のできる男の人っていいなぁ。ミッキーなら、なんでも手伝ってくれそうだし……。

ん？　いやいや！　それはまだ、はやいでしょー！

想像《そうぞう》しながら、顔が熱くなった。

ううん……考えるだけなら、いいよね。

ミッキーと結婚《けっこん》したら、あたし、一条《いちじょう》になるのか……。一条一歩《かずほ》？　あれ？　一が重なって、なんか変!?　え〜、ショック！

「イッポ、何やってんの？」

ロボにいわれて、はっと手もとを見た。枝豆《えだまめ》が切り刻《きざ》まれて無残《むざん》な姿《すがた》になっている。

「オマエは、ハサミもつかえないのか！」

ミッキーにも見つかって、がっくり……。

「あらあら、ありがとうね。手伝ってもらって助かるわ。すぐに、みんなのご飯も用意するからね」

宿泊《しゅくはく》しているお客さんにお料理を運びながら、おばさんがいう。ぐつぐつ煮《に》える鍋《なべ》からは、甘辛《あまから》い煮物《にもの》の匂《にお》いがした。新鮮《しんせん》なおさしみと夏野菜のてんぷら、それに、さざえを網《あみ》の上で焼いた、壺焼《つぼや》きもある。しょうゆのこげる香《こう》ばしい匂《にお》いに、お腹《なか》がぐうっと鳴った。

準備《じゅんび》ができて、広間で夕飯を食べようとしたとき、サリナがいないことに気がついた。

「あれ？　そういえば、サリナは？」

さっきまで、あらい物をしてたはずなんだけど……。

「部屋かも。呼《よ》んでくる！」

あたしは、二階の部屋にあがった。ドアをあけると、窓《まど》から海をながめているサリナがいた。さびしそうな顔で、ぼーっとしている。

「サリナ」

そっと声をかけた。

「夕飯の支度《したく》できたよ」

「うん……」

やっぱり元気がない。

「ねぇ、サリナ。エリナさんに、いいたいことをいったほうがいいんじゃない？」

「え？　お姉ちゃんに？」

「うん。エリナさん、またアメリカにもどるんでしょう？　だったら、ちゃんと仲直りしたほうがいいような気がするんだけど」

よけいなお世話かなって思うけど、ふたりを見ていると心配になってくる。

「……そうだね」

「エリナさんのわがままのせいで迷惑《めいわく》してるんだって、いっちゃったら？」

エリナさんがバレエ教室を継《つ》いでたら、サリナがなやむこともなかったのに。そう思うと、あたしまで腹立《はらだ》たしくなってくる。

でもサリナは返事をせずに、ますます考えこんでしまった。

「ほら、お腹《なか》がすくと、マイナス思考になるらしいよ。だから、ご飯食べよ！」

あたしが明るく声をかけると、サリナは少しほほえんで、すくっと立ちあがった。

4

最悪のきもだめし大会

つぎの日、夕飯の片《かた》づけがおわると、エリナさんがみんなを茶の間に集めた。何かのミーティング？ と思ったら、

「きょうは、きもだめし大会をやりまーす！」

「はぁ？」

あたしたちは、顔を見あわせた。

「だって、夏っていったら、きもだめしでしょう？ 合宿なんだから、絶対《ぜったい》にやらなくちゃ！」

「どうして、合宿でやらないといけないんだよ」

ミッキーが、むすっとしていった。もしかして、おばけが苦手《にがて》とか!?

「チームワークを強くするには、こういうのが一番なの！　つべこべいわない！」

エリナさんは強い口調《くちょう》で、何がなんでもやるつもりらしい。サリナはあきらめたように、ため息をついた。

「ここの向かいが、ちょうどお寺になってるんだ」

エリナさんは、楽しそうに説明をはじめた。

「百段《だん》の石段をのぼるとお寺があるから、ふたり一組になって、賽銭箱《さいせんばこ》の前に置いてあるおまんじゅうをとってくること！」

「おまんじゅうって、まさか……」

「もう、置いてあるよ」

エリナさんが当然のようにいう。

「なんで、おまんじゅうなんだよ」

あきれたようにミッキーがきくと、「だって、お供《そな》えみたいで怪《あや》しまれないでしょ？」

といった。

「じゃあ、きもだめしの前に、わたしが、こわーい話をしてあげるね」

エリナさんは、ちゃぶ台の上にあるろうそくに灯《ひ》をともして、茶の間の電気を消した。

あたしは叫《さけ》びながら、耳をふさいだ。こわい話って、すっごく苦手《にがて》！

「き、きゃ～！」

「ちょっと、イッポ。まだ、何も話してないんだけど」

「だ、だって、エリナさんの顔、こわい……」

ゆらゆらゆれる炎《ほのお》に照らされて、顔だけ宙《ちゅう》にういているみたい。

「でも、ちょっとおもしろそうだにゃん！」

「ぼ、ぼくも、こわいもの見たさっていうか……」

ネコもロボも、すっかり乗り気だった。

「どうせ作り話なんだから、どうでもいいけど」

ミッキーは、冷めてるし……。

「お姉ちゃん、どうせまた、あの話をするんでしょう？」

サリナは、何度もきいたって顔でいった。

「サ、サリナ、その話、こわくない？」

「ぜーんぜん」

なら、いいか……。あたしが覚悟《かくご》を決めると、エリナさんは話しはじめた。

「昔、浜辺《はまべ》で、若《わか》い漁師《りょうし》が白いきれいな布《ぬの》を見つけたの。あまりにきれいだから、持って帰って家宝《かほう》にしようとしたんだけど、美しい天女《てんにょ》があらわれて、その羽衣《はごろも》がないと天に帰れないと泣きだしたんだって。若者はかわいそうになって、羽衣を返そうとしたんだけど、その前に一度だけ、天女の舞《ま》いを見せてほしいとたのんだの」

サリナのいった通り、こわくなさそうでほっとした。しかも、どこかできいたことがあるような話……。

「天女は、何度もその申し出を断《ことわ》った。それは、あなたのためにならないと。でも若者は、天女のいうことを信じなかったの。きっと、舞いをおどるのが面倒《めんどう》で、そんなことをいってるんだろうと思ったのね」

うん？　ここはちょっと、きいたことがない。

「天女はしかたなく、おどることにしたの。そのおどりは、いままでに見たこともないほど見事なものだった。感動した若者《わかもの》は、そのおどりにすっかり心をうばわれてしまって、一瞬《いっしゅん》も目をはなすことはなかったそうよ」

「へえ」

あたしは、ごくっとつばを飲んだ。そんなにすごいおどりだったんだ。

「それから、しばらく経《た》ったある日、浜辺《はまべ》で若者が、すわったまま死んでいるのが見つかったの。やせこけたその姿《すがた》は、まるで何日も食べていないように見えて……」

エリナさんは感情《かんじょう》をこめて、ゆっくりとあたしたちを見回した。

「何かをじっと見つめているようなその若者は、不思議なことに、幸せそうな顔だったたん

だって」

にたっとわらったエリナさんの顔に、ぞぞぞ〜〜！

「やっぱりこわい！」

あたしは、サリナにしがみついた。

「そんなにすごいおどりが見れたなんて、いいよなぁ」

ミッキー、そこ、うらやましがるところ!?

「それってもしかして、ここの浜辺《はまべ》ってことにゃ？」

ネコがいって、エリナさんがうなずいた。

「うそっ！」

そういえば、ここ……羽衣《はごろも》海岸っていうんだっけ！

きゃ〜！

「でも、天女《てんにょ》のおどりって、どんなだったんだろうなぁ」

ロボがつぶやいた。

「見〜た〜い〜？」

低い声で、エリナさんが、不気味にいった。

「え……いや、えっと……」

「見たら、死ぬかもよ～」

うわわわわっ！

「て、天女《てんにょ》は、そのあと、どうしたんですか⁉」

おそるおそるあたしがきくと、エリナさんは、「さぁ」といった。

「たぶん、帰ったんじゃないのかな。天女がいるべき場所に」

いるべき場所？

そのとき、ろうそくの灯《ひ》が、ふっと消えた。

「ぎ、ぎゃあぁぁ～！」

叫《さけ》びながらサリナに抱《だ》きつくと、ぐいっとおしかえされた。

「うっとうしいなぁ！」

ち、ちがった！　サリナじゃなくて、ミッキーだった！

え～ん。もう、パニック……。

パチッと明かりがつくと、あたし以外、みんな落ちつきはらっていた。

「前半は、よくある天女《てんにょ》の羽衣《はごろも》の話だよな」

「後半は、エリナさんが作ったっぽいにゃ」

ロボとネコが、口々にいう。

そうなの？

「まったく、近ごろの子どもは、かわいげないねぇ。かわいいのは、イッポだけだよ」

エリナさんは、不満そうに口をまげた。そんなことでほめられても、ちっともうれしくない！

「じゃあさっそく、くじ引きしよう。1から3まで数字が書いてあるから、同じ数字同士でペアを作ってね」

エリナさんは、長細い紙に数字を書いた、くじまで用意していた。数字の部分をにぎりしめ、あたしたちにさしだす。

あたしは手をのばしながら、はっとした。

これって、もしかして、サリナとエリナさんが仲直りできるチャンスかも！　ふたりがちゃんと話しているのを、いまだに見たことがない。きもだめしでペアになれば、話さないわけにはいかないだろうし……。

サリナがひいたくじをのぞきこむと、あたしと同じ3だった。

よーしっ！

さりげなく、あたしはエリナさんのくじに手をのばした。

「エリナさん、あたしのくじと交換《こうかん》して！」

こそっといって、エリナさんが「え？」と首をかしげている間に、あたしはさっと自分のくじと交換《こうかん》した。これで、エリナさんとサリナがペアになる。あたしって、あったまいい！

「ふ〜ん、イッポって、思ってたより大胆《だいたん》だねぇ」

なぜかエリナさんが、にやにやしている。どうして？　って思ったら、

「おーい、2はだれだよ」

ミッキーが、くじをひらひらふっていた。

へ……2って？

「あ、あたしぃ!?」

なんと、エリナさんと交換《こうかん》したくじは2だった。

「ち、ちがう！　あたし、そんなつもりじゃ……」

「いいから、いいから。ペアになれてよかったじゃない」

耳もとでエリナさんにいわれて、顔が熱くなった。エリナさんとサリナのためにやったはずなのに……。

くじの結果、1のロボとネコペア、2のミッキーとあたしペア、3のサリナとエリナさんペアになった。サリナはとまどったような顔をして、だまりこんでいる。

作戦は成功だけど、エリナさんに誤解《ごかい》されたまま。

予想外の展開《てんかい》に、こまったような、うれしいような……。

もう、サリナとエリナさんのことはふっとんじゃって、心臓《しんぞう》がドキドキしてきた。

あたしたちは懐中《かいちゅう》電灯を手に、向かいの神社に向かった。

「じゃあ、おまんじゅうをとったら、境内《けいだい》の鈴《すず》を鳴らして。そしたら、つぎのペアがスタートするってことで」

ロボとネコが、よりそうようにして階段《かいだん》をのぼりはじめた。

「ワクワクするにゃ〜」

「なんかでたら、どうしよう！」

ふたりとも、なんだかんだいって楽しそう。

「あのふたりって、けっこうお似合《にあ》いね」

エリナさんがいって、あたしたちは「え〜？」とおどろいた。ロボとネコのカップルなんて、考えたこともない。

ふたりの懐中《かいちゅう》電灯の明かりが、どんどん上のほうに遠ざかっていく。なんだか、待っているほうも心細かった。

「こんなの、ちっともおもしろくないけどなぁ」

ミッキーがつぶやく。

もう！

こっちは、こんなにドキドキしてるのに。こわいせいなのか、ミッキーが相手だからなのか、さっぱりわからない。

やがて、カランコロンと鈴《すず》の音がかすかにきこえた。

「はい、イッポとミッキー、いってきて！」

エリナさんが、ぽんっとあたしの肩《かた》をたたいた。ずっと無口なサリナは心配だけど、ふたりきりになれたら、素直《すなお》に話せるかもしれない。そうしたら、きっとふたりの距《きょ》離《り》も縮《ちぢ》まるはず。

あたしとミッキーは、ゆっくりと、一段《だん》一段のぼった。くっつくのははずかしいけど、懐中《かいちゅう》電灯はひとつ。はなれると、足もとが暗くなってしまう。微妙《びみょう》な距離《きょり》を保《たも》ったまま、階段をのぼった。

「全然こわくないな」

すぐ近くから、ミッキーの声がきこえてドキッとする。月も星もきれいだし、BG《ビージー》M《エム》は波の音。これって、すっごくロマンチックなシチュエーションじゃない!?

しかもふたりきりなんて、めったにないチャンス。

何か、話さなくちゃ！　でも、何を？

そうだ、日ごろはいえないこととか、きけないこととか……。

「ミ、ミッキーは……どんな感じが……その、タ、タイプとかってある？」

あわわ、いっちゃった！

「タイプ？　そうだなぁ」

うわっ、答えるなんて、思ってなかったのに！

「タイプでいうと、おとなしいより、明るい感じかな」

そ、そうなんだ。

明るい子が好みなのか……。あたしはひっこみ思案《じあん》だから、明るいってほどでもないなぁ。でも、ダンスをはじめてから明るくなったって、お母さんもいってたし！

そう思ったら、てへっとほおがゆるんだ。

「それに、はげしいほうが好きかなぁ」

「は、はげしい!?」

はげしい女の子って……どういうこと!?

「うん。オレ、そういうダンスのほうが得意だし」

へ……？　思わず立ちどまって、くらっとめまいがした。

ダンスじゃないってば！　なんでもかんでも、ダンスにつなげるんだから！

「何か、あたし、わかってきたかも……」

ミッキーの性格《せいかく》。あ〜あ。

「え？　オマエにもわかったのか？　やっぱり、おかしいよな」

「べ、別に、おかしいってほどじゃないよ。ミッキーが、ダンス一筋《ひとすじ》なのは知ってるし……」

あわててフォローしたのに、ミッキーは「は？」ってあたしに懐中《かいちゅう》電灯を向けた。

「どうして、オレの話なんだよ」

「え？　じゃあ何の話？」

さっきから、会話がちっともかみあわない！

「エリナだよ」

「エリナさん？」

「今回、どうして急に帰ってきたのかなって、ずっと気になってたんだ。おかしくないか？」

「だって……長い休暇《きゅうか》がとれたからっていってたでしょう？」

「そこだよ。家出同然でとびだしたのに、そんなかんたんに帰ってくるか？　ふつう」

エリナさんは、ふつうじゃないし……。

「オレなら、成功するまで帰らないだろうな。エリナは、ブロードウェイでおどるみたいなこといってたけど、もしほんとうなら、帰国するよゆうなんてないだろうし」

「まさか、エリナさんが、うそついてるっていうの？　なんのために？」

「それが、わからないんだよ」

ミッキーは、うーんとうなった。そんなこと、いま考えなくたっていいじゃないって思うけど。

そうこうしているうちに、階段《かいだん》をのぼりきってしまった。

あ〜！　せっかくのチャンスが、わけのわからない会話でおわっちゃった！

境内《けいだい》はしんとしずまりかえって、真っ暗だった。不気味すぎる……。

「そういえば、ネコとロボ、見なかったな」

あれ？　いわれてみれば……。階段《かいだん》の途中《とちゅう》で、すれちがうはずなのに。

「もしかして、神隠《かみかく》しか？」

「や、やめてよ！」

ふと、境内《けいだい》へとつづく参道から外れた場所が、ぼーっと光っているのに気がついた。

ひやっとしてミッキーを見ると、人さし指を立てていた。

「しっ！　あいつらだ。脅《おど》かしてやろうぜ」

「また、そんなこといって……」

ミッキーって、たまにすっごく子どもっぽいことをいったりやったりする。

それでも、はなれるわけにはいかないから、あたしもミッキーのうしろについていく。

ミッキーが、懐中《かいちゅう》電灯の明かりを消して、そっと近づく。あたしは、ミッキーのT《ティー》シャツにしがみついた。

「うちは……すっごく好き！」

「ぼくも、きらいじゃないけど……」

えぇ～!?

かすかにきこえてきたふたりの会話に、息がとまる。ミッキーはあたしをぐいっとひっぱって、もとの道にもどっていった。

暗闇《くらやみ》の中、ふたりで息をひそめていると、ロボとネコが石段《いしだん》をおりていった。しばらくしてミッキーが懐中《かいちゅう》電灯をつけて、ふうっと息をついたけど、あまりのショックに言葉がでてこない。

「あのふたり……」

あたしがいいかけると、ミッキーはむすっとした声でいった。

「ダメだろ、チームの中で、ああいうの！」

「は？」

何を怒《おこ》ってるの？　と目をぱちくりした。

「チームワークが乱《みだ》れる！」

え～⁉

「なんか、それって……年よりくさくない⁉」

「ダメなものはダメだ！」

そんなことをいうなんて、信じられない。

ミッキーが、ガンコおやじに見えてくる！

「そういう考え方、おかしいと思う！」

「オレたちは、ダンスチームなんだから！」

あたしたちはいいあいながら、境内《けいだい》の前についた。

も〜、腹《はら》が立つ！

賽銭箱《さいせんばこ》の上にあるひもをぐっとつかんで、腹立ちまぎれにガシャンガシャンと鈴《すず》を鳴らした。

もう、ドキドキもこわい気持ちもなくなっていた。さっさと帰ろうと、いわれた通り、おまんじゅうをとろうとしたら……。

「あれ？　箱が空っぽ」

おまんじゅうの箱があるだけで、中身がなかった。

「その辺に、落ちてるんじゃないか？」

あたしとミッキーは、賽銭箱《さいせんばこ》の上や周りを何度も見た。でも、どこにもない。

そうこうするうちに、エリナさんとサリナの声がきこえてきた。

「だいたい、どうしてもっと早く帰ってこなかったのよ！」

「わたしだって、いそがしかったんだもーん」

「お姉ちゃんって、いっつもそうだよね。コンクールで優勝《ゆうしょう》したときも、みんなでお祝《いわ》いの準備《じゅんび》してたのに、友だちの家に子犬見にいってさ！」

「うわ……そんな古いこと、まだ根に持ってるの？　くらーい！」

「だれのせいよ！　お姉ちゃんにプレゼントしようと思って、うさぎのマスコット作って待ってたのに」

「うそ！　あれってぶたじゃなかったの？」

「どう見てもうさぎでしょ！」

えぇ!?　サリナとエリナさんを仲よくさせるつもりが、どうしてケンカしてるの？

境内《けいだい》に近づいてきても、いいあらそいはおわらない。というより、ますますヒートアップしている！

「どうやったら、お姉ちゃんみたいに、周りに迷惑《めいわく》かけても平気でいられるわけ？」

「迷惑だって思ってるのは、サリナでしょ？　わたしがいなくなったせいで、バレエ教室を継《つ》がなきゃって、うらんでるんだから。自分だけのダンスを見つけたいなんていって、結局バレエから逃《に》げてるだけなんじゃないのぉ？」

「ちがう！」

「ミュージカルをやりたいわたしと、何がちがうっていうのよ」

「わたしは、いいかげんなお姉ちゃんとは、全然ちがう！」

「あ、あのぉ……」

あたしは、おずおずと口をはさんだ。

「なによ！」

ふたりが、同時に叫《さけ》んでふりむく。

「どうしてあんたたち、まだこんなところにいるの？」

エリナさんが不機嫌《ふきげん》な顔で、あたしたちを懐中《かいちゅう》電灯で照らした。

「だって、おまんじゅうなんてないし」

ミッキーが、不満そうにいいかえす。

「え〜、あるでしょ、ここに……あれ？」

エリナさんも、賽銭箱《さいせんばこ》の周りをさがしはじめた。

「ないなぁ。だれかに食べられたかな？」

風で、木がざわざわとゆれる。暑いのに、ぞくりと鳥肌《とりはだ》がたった。

あったものが、なくなるなんて……。

そのとき、あたしの肩《かた》に、そろりと手がのった。

「きゃ――――！」

「ど、どうした？」

「イッポ!?」

ミッキーとサリナがふりむく。

「い、いま、手が、手が〜！」

へなへなとすわりこむと、エリナさんが照らした懐中電灯《かいちゅう》の先にネコが立っていた。

「あれ、ネコとロボ……どうしたの？　懐中電灯もつけないで」

サリナがきくと、ロボが答えた。

「懐中電灯の電池が、途中《とちゅう》で切れちゃったんだよ。サリナたちはケンカしてて、ぼくらに気づいてくれないし……下で待っててもだれもこないから、ひきかえしてきたんだ」

そ、そうだったのか。

あたしは、まだバクバクいってる心臓《しんぞう》をしずめるために、深呼吸《しんこきゅう》した。

「ああ、よかっ……」

ほっとして、立ちあがろうとすると……。

「フニャアアッ！」

何かが、とびついてきた。

「わあぁ！」と叫《さけ》んで、尻《しり》もちをつく。

「ああ、ダメにゃん！」

ネコがひろいあげたのは……本物のねこだった。

「野良《のら》ねこみたい。どうやら、この子が、おまんじゅうを食べちゃったみたいにゃん」

うう……もう、心臓《しんぞう》がとまりそう。泣きそうになってると、野良ねこが顔をよせてきて、かすかにあんこの匂《にお》いがした。

「ぼくも動物はきらいじゃないけど、野良なんだから放っておけっていったのに！」

ロボが、文句《もんく》をいってる。

きらいじゃないって……、さっき、きいたような？

えぇ？　じゃあ、あれは告白じゃなかったの!?

「だって、うちはすっごく好きにゃん！　ミケとはなれて、さびしいし」

「帰ったら、いくらだって遊べるだろ!?」

ロボとネコも、いいあらそいはじめた。

あれ……？　あたしたち、みんなそれぞれケンカしてる。

チームワークをよくするために、きもだめしをはじめたんじゃなかったっけ？

うーん。なんか、失敗だったみたい……。

5 気持ちをひとつに！

毎日、日の出とともに起きて、砂浜《すなはま》でマラソン。それから帰って、部屋やろう下《か》や表玄関《おもてげんかん》のそうじ。いくらほうきではいても、どこからか砂が入りこんできて、きりがない。

「こればっかりは、しょうがないねぇ」

「自然のことだからなぁ」

おばさんもおじさんも、のんびりという。そんなことが気にならないくらい、この場所が気に入ってるという口ぶりだ。

でもその気持ち、あたしにもわかる。

海って、毎日見ててもあきないいし、おだやかでゆったりした気分になる。自然のスケールが大きすぎて、自分なんてちっぽけだなって思えるし。

お手伝いをして朝ご飯がすんだら、砂浜《すなはま》にでて、ダンスの練習！　さすがアメリカで勉強してるだけあって、エリナさんはいろんなステップや練習方法を知っていた。

「つぎは、ポップコーンっていうステップ。名前の通り、ポップコーンがはじけるようなイメージで元気にね！」

エリナさんは元気いっぱいだけど、サリナは落ちこんでいるように見える。やっぱり、きのうのきもだめしのときのケンカを、ひきずっているのかもしれない。

「アップのリズムで、足を交互《こうご》に前にけりだして。できるようになったら、軸足《じくあし》をさげながら、もう一方の足を前にけるようにしてみて」

ワン、ツー、ワン、ツー！

「サリナ、足があがってない！」

いつもだったら、サリナはだれよりうまくできるはずなのに、注意されている。

「気分でダンスができないようじゃ、まだまだだよ！」

そんなふうにきびしくいわれて、ますます動きがかたくなっていた。

「今度は、手の振《ふ》りを大きくつけて。足は前後だけじゃなく、ななめや横にもアレンジできるし、手の動きをつけると、いろんな表現《ひょうげん》ができるよ」

サリナのことを気にするようすもなく、エリナさんはどんどん進めていった。

ダンスをしていれば、きっとサリナも元気になる……と思うけど。

「つぎは、ホーシングっていうステップ。ダウンのリズムをとって！」

体全体をつかって、ダウンのリズムに乗る。

「ワン、ツー、スリー、フォー……」

エリナさんの手拍子《てびょうし》で、リズムに乗ったら、ひざを開いたりとじたりする。がにまた、内またをくりかえす感じ。

やっていたら、ふと思いだした。

これって、この間ミッキーが、エリナさんとおどっていた動きだ！

「慣《な》れてきたら、腕《うで》をつけて体重を移動《いどう》させながら、左右にステップをふんでみて」

エリナさんはそういって、手をたたいた。

「はい、右、左、右、左……」

わ……ミッキーがやってたのと同じようにできる。

「ね、かんたんでしょう？　ステップさえ知っていれば、他のだれかにあわせておどることだってできるんだよ」

そういってエリナさんが、ちらっとあたしを見た。

そっか……。もしかして、ふたりが打ち合わせもしないで同じステップがふめたのも、そういう理由かも！　エリナさんがミッキーの動きを素早《すばや》く読みとって、同じ動きをしていたとしたら……。

以心伝心《いしんでんしん》でも、なんでもなかったんだ。

ほっとすると同時に、顔が熱くなった。エリナさんは、あたしがもやもやした気持ちでふたりを見ていたことに、気づいてたのかも。そう思うとはずかしかった。

午前中のステップの練習がおわったら、つぎは、海で遊ぶ時間！

あたしはサリナをさそって、海に入ると波にゆられた。

「気持ちいいね～」

話しかけても、サリナはやっぱり元気がない。

ロボとネコは岩場でカニを追いかけてるし、ミッキーは遠く沖《おき》のほうで、ひとりで泳いでいる。

「見て見て！　ミッキーったら、よく海で泳げるよね」

なんとかサリナの気をひきたくて、あたしは話しかけつづけた。

「ミッキーは、小さいころからスイミング教室に通ってたからね。肺《はい》をきたえるには、水泳が最適《さいてき》なんだって」

「どうして、肺をきたえるの？」

「ミッキーって、小さいころ、気管支《きかんし》が弱かったんだ。それで、あまりはげしい運動もできなくて」

「え〜！　ウソみたい！」

いまでは、あんなにはげしいダンスをしているのに。

「どうしてもダンスがやりたいから、水泳もがんばったんだよ。いまでは、すっかり治ったみたいだけど」

「へぇ。ミッキーって、小さいころからいろんな才能《さいのう》にめぐまれて、苦労なんてしてないのかと思ってた」

「まぁ、そんなふうに見えるけど、苦労しないで才能《さいのう》だけでできる人なんて、いないのかもしれないね」

「だったら、エリナさんも？」

あたしがいうと、サリナははっとしたように、エリナさんのいる浜辺《はまべ》に目を向けた。

「……お姉ちゃんは、特別だよ」

そう、独《ひと》り言《ごと》のようにつぶやいた。


しばらく海で遊んだら、お昼ご飯を食べて、午後からまた練習だ。

エリナさんは相変わらず、通りかかる人たちから声をかけられていた。

「エリナちゃん、今年もアレ、やるんだよね？」

「うん、やるよ。来週の土曜にやるから、見にきてね！」

「例のヤツ、楽しみにしてるよ〜」

毎年この海にきてそうな常連《じょうれん》さんや、地元に住んでるって感じの人たちから、「アレ」

とか「例のヤツ」とか、謎《なぞ》の言葉をかけられている。

「エリナさん、来週の土曜って、何かあるんですか？」

ロボがきいたから、あたしも耳をかたむけた。

「うん。八月の第二土曜日は、羽衣《はごろも》海岸フェスティバルがあるの。出店がでたり、カラオケ大会をやったり、盛《も》りあがるんだ」

「へぇ。それで、例のヤツって？」

エリナさんは、うふふっと秘密《ひみつ》めいた笑みをうかべた。

「わたしがミュージカルをやるの。アメリカにいくまでは、毎年ここのステージで、ひとりでおどってたんだよ」

「えぇ？　ひとりで？」

みんながおどろいた。

「でも、ステージって……どこにあるにゃん？」

ネコがきいて、あたしも見回したけど、この辺に劇場《げきじょう》のようなものは見当たらない。

どこか、大きなホテルまでいくのかな？

「あるじゃない、あそこに！」

そういってエリナさんが指さしたのは、砂浜《すなはま》の真ん中にある、野外ステージだった。

ライフセーバーの人が、注意事項《じこう》や緊急《きんきゅう》時の対処法《たいしょほう》なんかを、スピーカーをつかって
あそこから説明してくれる。ほかのイベントでもつかうのか、ステージは体育館の舞《ぶ》
台《たい》くらい広かった。あのステージの前だったら、お客さんも百人くらい集まれそう。

「でも、こんなに波の音がうるさいところで、歌なんてきこえないだろ？」

ミッキーが、おどろいていう。

「ううん」

エリナさんは首をふった。

「ここで負けているようじゃ、ブロードウェイでは通用しないよ」

ふっとわらって、一瞬《いっしゅん》、悲しそうな顔をした。

ミッキーのいう通り、波の音は絶《た》え間《ま》なくきこえてて、ステージの声なんてかき消
されてしまいそうだけど……。

「そうだ！」

エリナさんが、パチンッと手をたたいた。

「ねぇ、みんなもステージでおどらない？」

「え……？」

あたしたちは、首をかしげた。

「せっかくの合宿なんだもん。ダンスの練習の成果を発表すればいいじゃない。みんなでおどってよ、あのステージで！」

そういって、まっすぐに浜辺《はまべ》のステージを指さした。


「どうしよう……か？」

民宿にもどると、あたしたちは部屋に集まって相談した。

いつもだったら、真っ先に自分の意見をいうサリナが、だまりこんでいる。

「でもさぁ、実際《じっさい》むずかしいだろ。あと、九日しかないのに」

ミッキーの現実的《げんじつてき》な意見に、みんな、う～んとうなってしまう。

「サリナは、どう思う？」

あたしは、サリナの顔をのぞきこんだ。

「わたし……、やりたくない」

サリナの沈《しず》んだ声に、みんなが顔をあげる。

「いままでもずっと、お姉ちゃんの気まぐれにつきあわされてきた。いつだっていいかげんで、自分勝手で……、ミュージカルだって、思いつきに決まってる。お姉ちゃんは、苦労せずになんでもできる人だもん」

「サリナ……」

「わたしは、あんな人とおどりたくない！」

サリナは立ちあがると、部屋をとびだしていった。

「待って！」

あたしはサリナの後を追いかけた。海岸に通じる裏口《うらぐち》から外にでる。

「サリナってば！」

砂浜《すなはま》へとつづくコンクリートの階段《かいだん》の上で、やっと追いついてつかまえた。

「エリナさんが自分勝手なのはわかるし、サリナがバレエ教室を継《つ》ぐことで迷惑《めいわく》してるのもわかるけど……」

「わたしがいやなのは、そんなことじゃないっ」

サリナが、思いつめたようにいった。

「え？　ちがうの？」

「小さいころから、バレエがうまいお姉ちゃんとくらべてきたのは……、わたし自身なの」

「だれかにくらべられてたわけじゃなくて、自分が？」

「うん。お姉ちゃんの妹なんだから、もっとうまくできるはず、もっとすごいことができるはずって……。でも、どんなにがんばっても追いつけなくて。それが、ずっと苦しかった」

サリナの心の闇《やみ》をのぞいたようで、胸《むね》がちくっとする。

「いつもお姉ちゃんの背中《せなか》を追いかけて、目標にしてきたけど、かないっこないってわかったの。お姉ちゃんと同じステージに立ったら、わたしはまた自分とくらべて、かなわないって思い知らされる！」

「でも……」

言葉が見つからなくてだまっていると、風に乗って、波以外の音がきこえてきた。

あ……、お……、さ……。

とぎれとぎれとどいてくるのは、人の声？

不思議に思って階段《かいだん》から身を乗りだすと、髪《かみ》の毛がびゅうっと風にあおられた。サリナもつられたように、髪をおさえてそちらを見る。

人気《ひとけ》のなくなった砂浜《すなはま》に、金髪《きんぱつ》の女の人がいた。

「エリナさん……？」

何をしているんだろう。何か声にだしながら、おどっている。あたしは導《みちび》かれるようにして、サリナの手をひっぱって階段をおりた。

エリナさんはあたしたちに気づかずに、英語の歌を歌いながら、感情《かんじょう》をこめておどっている。

長い手足を思いきりのばして、やわらかく、はげしくおどる姿《すがた》は迫力《はくりょく》があった。当然ダンスはうまいけど、歌もすばらしくて、表情もくるくると変わる。そしてその声

量は、波や風の音にも負けていなかった。

エリナさんの背中《せなか》から、必死なものを感じる。いままで、見たこともない姿《すがた》だ。

「……お姉ちゃん」

サリナが、おどろいた顔でつぶやいた。

最後までおどりきったあと、エリナさんは「ふう」といってふりむいた。額《ひたい》に汗《あせ》をびっしょりかいている。

「あーあ、見られちゃった。きたのわかったけど、途中《とちゅう》でやめられなくて」

そういって、エリナさんはぺろっと舌《した》をだす。

「いまのは、わたしが高校生のとき、はじめて見たミュージカルの一場面。世界的に有名な女性《じょせい》ダンサーが主演《しゅえん》で、その声とおどりに、体中がしびれちゃったの」

いつものエリナさんじゃなかった。うっとりと夢《ゆめ》見るように、宙《ちゅう》を見つめている。

「わたしはその人から、一瞬《いっしゅん》も目をはなすことができなかった。すごい歌唱力と、自由にかけめぐるようなダンス。気がつくと、まるでその人の魂《たましい》が乗り移《うつ》ったみたいに体が熱くなって、涙《なみだ》があふれてできて……。わかる？　わからないよね？　あ〜、わかってほしいなぁ！」

エリナさんの興奮《こうふん》ぶりに圧倒《あっとう》されながら、少しだけうらやましいような気がした。

となりを見ると、サリナもはじめてきく話みたいで、真剣《しんけん》な顔をしている。

「それからわたしの頭の中は、ミュージカルでいっぱいになったの。わたしもあんなふうに、見ている人をまきこんでしまうほど、魂《たましい》が熱くなるような歌とダンスをしたいって。自己流《じこりゅう》でおどりはじめたけど、それだけじゃ、満足できなくなってね」

そういって長い髪《かみ》をおさえながら、エリナさんは水平線を見つめた。

何もかも投げだして、周りに迷惑《めいわく》をかけて、とつぜんでていってしまったエリナさん。でも、いいかげんな気持ちでミュージカルをはじめたわけじゃなかったんだ……。

「そんなの知らなかった。わたしにくらい、話してくれてもよかったじゃない」

サリナが、傷《きず》ついた顔をしている。

「だって、サリナはまだ小さかったもん。いってもわからなかっただろうし、お母さんにばれてもまずいしね」

エリナさんにいわれて、サリナはだまりこんだ。エリナさんが高校生くらいといえば、サリナはまだ小学校にあがる前。エリナさんのいう通り、親にだまってミュージカルをすることを、理解《りかい》できる年じゃないかもしれない。

「ほら、夕飯のお手伝いしてきて。わたしも後からいくから」

エリナさんに促《うなが》されて、あたしとサリナは階段《かいだん》をのぼった。あたしもサリナも無言だった。


部屋にもどると、ミッキーもネコもロボもくつろいでいた。

「おかえり～。お手伝いにいこうにゃん！」

ネコが、ぴょんっと立ちあがる。

「でも……ステージのことはどうするの？」

あたしは、サリナをちらっと見ていった。

「だって、サリナがいやならしょうがないだろ？　オレたち、五人でチームなんだ。ひとりでも欠けたら、おどれない」

ミッキーがいうと、サリナの表情《ひょうじょう》がかたくなった。

エリナさんの話をきいて、あたしのエリナさんに対するイメージが少し変わった。

サリナだって、何か感じているのかもしれない。でも、もしそうだとしても、いまさら気が変わったなんて、いいづらいだろうし……。サリナには、後悔《こうかい》してほしくない。

「あ、あのさっ、佐久間《さくま》先生に相談してみない？」

「佐久間先生？」

ロボが、どうしてって顔をした。

「だって、コーチは佐久間先生だよ？　先生だって仲間だし……」

佐久間先生なら、いいアドバイスをくれそうな気がする。

「うち、スマホ持ってるにゃ〜！」

ネコが、カバンから、さっとスマートフォンをとりだした。

「ネコ、そんなの持ってたの⁉」

「うちのミケに、なんかあったらこまるから、いつでも連絡《れんらく》とれるようにしてるにゃ」

「それで、佐久間《さくま》先生の電話番号も知ってるわけ？」

「うん。佐久間っちも心配してたから、いちおーメールで、毎日報告《ほうこく》してるんだぁ」

「え〜、そんなのちっとも知らなかった！」

びっくりして送信メールをのぞいてみると、毎日「きょうもダンスの練習をした」って書いてあるだけ……。

「もうちょっと、いろいろ書いてあげたら？」

「だってぇ、面倒《めんどう》なんだもーん」

うーん、マメなんだか、めんどくさがりなんだか、さっぱりわからない。

「まぁいいや。佐久間先生に電話してみてくれる？」

あたしがいうと、ネコがスマホを操作《そうさ》した。

しばらくスマホを耳におしあてたあと、ネコが話しはじめる。

「うん、うん、元気〜！　そう。それでね、海はきれいだし、ご飯もおいしいし、最高！　え？　佐久間《さくま》っちは、毎日仕事？　かわいそうにゃん！」

なんか、世間話をしている。

「ちょっと貸《か》して！」

しびれをきらしたあたしは、ネコからスマホをうばいとった。

「もしもし！　佐久間先生？」

あたしは勢《いきお》いこんで事情《じじょう》を説明すると、先生に意見を求めた。

「それで、ステージに立つかどうか迷《まよ》ってて……。いままでおどったようなダンスなら、いまからでも、間に合うと思うけど……え!?」

おどろくあたしからスマホをとると、ネコが手慣《てな》れたようすで操作《そうさ》して、スピーカーモードにする。佐久間先生の声が、みんなにもきこえるようになった。

「だって、せっかく海のステージでやるなら、新しいことに挑戦《ちょうせん》しなよ。いままでと同じダンスをしたって、あんたたちもおもしろくないでしょう？」

「でも、あと九日しかないんだよ！」

「新しいことって何!?」

みんなが、口々にいう。

「そこで、新しいステップもおぼえたんだろうし、みんなのやりたいようにやってごらん。今年の夏は、もう二度とこないんだよ」

今年の夏……。

あたしたちは、顔を見あわせた。

エリナさんがいて、みんなで合宿して、海のステージでおどる。

こんな夏は、もう二度とこないかもしれない。そう思ったら、このチャンスがとても貴重《きちょう》なものに思えてきた。

「佐久間《さくま》先生は……魂《たましい》が熱くなるような歌とダンスって、わかりますか!?」

すがりつくようにあたしがきくと、佐久間先生はくすっとわらった。

「エリナがいったんでしょう?」

すぐに見破《みやぶ》られて、言葉につまった。

「夢中《むちゅう》になったらまっしぐらなところとか、ダンスに熱くなるところとか、エリナとサリナはそっくりね。さすが姉妹だなって思うよ」

「え?」

ずっとだまっていたサリナが、はじめて声をあげた。

「わたしとお姉ちゃんが、似《に》てる?」

「そうよ。自分のダンスを見つけたいってサリナがいいだしたとき、エリナと同じだなと思って、こまっちゃった」

佐久間《さくま》先生の苦笑《にがわら》いしている顔が思いうかぶ。サリナはダンスチームを作るために、佐久間先生に何度もコーチをたのんだんだから。

「いままで、わたしとお姉ちゃんは全然ちがうと思ってた。でも、ミュージカルもいいかげんな気持ちじゃなくて、わたしとお姉ちゃんが似てるんだとしたら……」

独《ひと》り言《ごと》のようにつぶやく、サリナの肩《かた》をぎゅっとつかんだ。

「きっと、ダンスを通してわかりあえるよ!」

あたしは、サリナの肩をゆさぶった。ミッキーやネコやロボも盛《も》りあがる。

「ああ。サリナの気持ちだって、わかってくれるはずだ」

「仲直りできるかも！」

「それ、サイコー！」

ひとしきりみんながさわいだ後、佐久間《さくま》先生がいった。

「みんなのダンスが見られないのは残念だけど、ここから応援《おうえん》してるから！」

そういって、電話を切った。

それから、みんなで丸く輪になった。

「じゃあ、ダンスをするってことでいいよね？」

もう一度、みんなの顔を見回して確認《かくにん》する。五人全員がうなずいた。

「でも、ここでしかできないダンスってなんだ？」

ミッキーがいって、みんなも考えこんだ。

「佐久間先生のいう通り、エリナさんから教えてもらったステップを、たくさんとり入れたほうがいいんじゃない？　元気なステップで、夏っぽいし」

ロボの意見に、みんなも賛成《さんせい》する。

「そうだね。夏っぽいダンスがいい。あとは、エリナさんと出会ったんだから……」

いいながら、あたしはエリナさんがいったことを思いだしていた。魂《たましい》が熱くなるような、歌とおどり……。

「そうだ！　あたしたちもミュージカルやろうよ！」

「えぇ!?」

みんなが目を丸くする。

やっぱり、むりか……。

あたしは、アハハってわらいながら、「冗談《じょうだん》、冗談」と手をひらひらさせた。

「ううん、それ、いいかも！」

ひさしぶりに、サリナの目が輝《かがや》いている。

「そんなにむずかしいものじゃなくて……みんなが知ってるような劇《げき》を、少しだけアレンジしたらどうかな!?」

「でもぉ、ミュージカルって、セリフを歌うんでしょう？」

ネコが、いやそうな顔をした。そういえば、セリフを歌うなんて、ちょっとはずかしいかも。

「じゃあさ、それぞれの場面をナレーションで説明して、それにあったダンスをおどるってどう？」

「ふーん。いいけど、それじゃあミュージカルとはいわないだろ？」

ミッキーにダメだしされても、サリナはまだあきらめない。

「じゃあ、一曲でもいいから、イッポが歌ったら？」

「えぇ、あたしが!?」

サリナの提案《ていあん》におどろいた。

「それ、いいな。何しろ、ミュージカルやろうっていった、いいだしっぺだし」

ミッキーまでおもしろがっている。

「イッポの歌かぁ！」

「やろうにゃーん！」

ロボとネコも盛《も》りあがっちゃって、とんでもないことになってきた。

「ちょ、ちょっと待ってよ！　いくらなんでも……」

あわてていっても、だれもあたしのいうことなんてきいてくれない雰囲気《ふんいき》……。

「イッポ、お願い」

サリナが、ぎゅっとあたしの手をにぎった。

「こんないじけた自分じゃ、ダメだって気づいたの。自分のダンスを見つけるためにも、ちゃんとお姉ちゃんと向きあって、乗りこえたい！」

サリナの必死な顔をみんなが見つめる。

「それに、ミュージカルのことをもっと知りたい。お姉ちゃんが感じた、魂《たましい》が熱くなるような歌とダンスを、わたしも感じてみたいの！」

サリナの力強い目に圧倒《あっとう》される。

「……わかった」

気がついたら、あたしはそう答えていた。

「サリナがそうしたいなら、あたしもがんばる！」

ミッキーもネコもロボもうなずく。

今回のステージは、ずっとすれちがってたサリナとエリナさんが、わかりあえるチャンスかも。そしてあたしたちにとっても、きっと大きな力になるはず！

「あのさぁ、あと九日しかないってわかってる？　がんばるっていったからには、イッポが責任《せきにん》持ってまとめるんだよな？」

ミッキーのつきさすようなひとことに、ぎょっとする。

「あ、あたしが⁉」

えらいことになっちゃった……でも、こうなったらやるしかない！

それからあたしたちは、民宿のお手伝いをした後、ミュージカルの内容を夜おそくまで話しあった。

イッポ＆サリナの熱血ダンスレッスン

DANSTEP《ダンステップ》 1

※エンって？…… ある一定のリズムをきざんでいるとき、カウントとカウントの合間のことをさすよ☆

ポップコーン編《へん》
Level ★★★

① 右足をけりだす

② 右足をもどすと同時に、左足をあげて、片足《かたあし》になる

③ 左足をうしろに着地させて同時に、前の右足をうかせる

④ 右足をもどす 左足をけりだす準備《じゅんび》

アップのリズムをとりながら、①〜④を左右逆《ぎゃく》にして、くりかえして！　なわとびの「うしろかけ足とび」のイメージで、細かくリズムをとろう！

6 ボイストレーニング

つぎの日の朝食後、あたしはみんなを集めた。

「え～、みんなからだしてもらった案の中から、『人魚姫《にんぎょひめ》』に決めました！」

人魚姫のストーリーは、なんとなく知ってたけれど、おじさんにパソコンを借りて調べてみると、けっこう悲しい物語だった。

海で嵐《あらし》にあった王子さまを助けて、恋《こい》をしてしまった人魚姫が、魔女《まじょ》にたのんで人間の足を手に入れる。でも、それとひきかえに声を失い、歩くたびにナイフで切られるような足の痛《いた》みも感じるようになる。そうまでして、やっと再会できたのに、王子さまは自分を助けたのは別の女の人だとかんちがいして、結婚《けっこん》を決めてしまう。他の人と結婚したら、人魚姫は泡《あわ》となって消えてしまう運命。それを知った人魚姫のお姉さんが、自分の髪《かみ》とひきかえに、魔女《まじょ》から短剣《たんけん》を手に入れる。それで王子さまをさせば、もとの人魚姫《にんぎょひめ》にもどれることを教えてあげるんだけど……。

人魚姫は、王子さまを殺すことができなくて、とうとう海の泡《あわ》となって消えてしまうのだ。

なんて、鈍感《どんかん》な王子さまだろう！

なんだか、悲しすぎる……。

あたしは、暗い気持ちになって考えた。海でやるにはぴったりの話だと思ったけど、もっと明るいものにしたい。

「そこで今朝、こんな話に書きかえました！」

あたしは、「ジャーン！」といって、ナレーションの部分と物語の流れを書きとめた紙を配った。

「最初のほうは、同じだね。王子に恋《こい》した人魚姫が、魔女にたのんで、自分の声とひきかえに人間の足を手に入れる」

サリナが、読みながらいった。

「歩くたびに、足が痛《いた》むところも同じだな」

ロボが、顔をしかめる。

「つぎが、ちがうにゃ！　人魚姫《にんぎょひめ》は、王子の愛《あい》で声をとりもどし、お城《しろ》の舞踏会《ぶとうかい》でいっしょにダンスをおどってハッピーエンド！」

ネコが、万歳《ばんざい》と両手をあげた。

「ふん、くだらない」

ミッキーが、鼻を鳴らした。

「これはもはや、人魚姫の話じゃない。オマエの妄想《もうそう》だ」

う……。

「も、妄想だってなんだって、いいじゃない！　ハッピーエンドが一番なんだから！」

ふんっだ！　王子は、絶対《ぜったい》にミッキーにやってもらうんだから！

「そ、それで、配役はどうするの!?」

なぜかロボが身を乗りだして、鼻息を荒《あら》くしている。

「それは、まぁ、だいたい……」

「ぼく、王子の役、やりたいんだけど！」

そういって手をあげながら、すごい迫力《はくりょく》で迫《せま》ってきた。

「え、で、でも……」

あたしがたじろいでいると、サリナがぷっとふきだした。

「いいんじゃない？　ロボも、たまにはいいところ見せなくちゃね」

え〜！　それじゃあ、あたしの妄想《もうそう》が……。

「じゃあ、人魚姫《にんぎょひめ》は、サリナだにゃ」

ネコがいって、あたしは力なくうなずいた。ミッキーが王子じゃないなら、人魚姫にも興味《きょうみ》はないし。

「うち、魔女《まじょ》やりたーい！」

ネコが手をあげる。他にやりたい人もいないから、すぐに決まった。

王子がロボ、人魚姫がサリナ、魔女がネコ。

「やっぱり、全員が何かの役をやったほうがいいんじゃない？　たとえば、前半はわたしとロボで、人魚姫と王子役をやって、後半はイッポとミッキーがやるとか」

「あ、あたしとミッキーで!?」

うそ！

「いや～、でも、あたしが人魚姫《にんぎょひめ》だなんてぇ……」

照れながらいうと、サリナが顔をくもらせた。

「そっか。イッポは歌うんだもんね。ちょっとむりかな」

「え？　ううん！　だいじょうぶ！　なんとか、するから！」

あたしはあわてていった。

「でもさぁ……」

ミッキーが、しぶい顔をする。

「後半って、ふたりでダンスするんだろ？　オレについてこられるのか？」

あ……。

そうだった。ラストは王子と人魚姫、ふたりでおどるんだっけ！

「それに、歌だってどうするんだよ」

「それは、これから考えようかと……」

喜んだのもつかの間、あたしは、しどろもどろで答えた。

エリナさんにミュージカルの内容を伝えると、

「おもしろそうじゃない！」

と乗り気だった。

「でも、歌うのがイッポだけっていうのがひっかかるなぁ。せっかくミュージカルだし、歌わなくてもいいから、みんなひとことくらいセリフをいったら？」

「えー！」という声があがったけど、エリナさんのいう通りって気がする。

「みんなの分のヘッドセットマイクを用意するから」

ヘッドセットマイクは、耳につけるマイクで、ダンスをしながら声をだすことができる。みんなは顔を見あわせて、それぞれのセリフを考えることを宿題にした。

それからエリナさんは、シナリオにそってダンスのアドバイスをしてくれた。

「じゃあ、まずは、人魚姫《にんぎょひめ》が魚たちと幸せに暮《く》らしているシーンね。人魚姫はサリナ。他は海の生き物の役」

サリナを真ん中に、配置《はいち》についた。

「海の生き物といったら、魚やサンゴやイソギンチャク、それにタコや海藻《かいそう》もいいね。最初は、海の中の感じをだしたいから、ゆれる動きで、ハンドウエーブをやろう」

やった！　ウエーブなら、やったことがある。

「じゃあ、まずは左の指先から、肩《かた》を通って右の指先まで」

ワン、ツー、スリー、フォー、ファイブ、シックス、セブン、エイッ。

エリナさんの手拍子《てびょうし》にあわせて、左の指先から波を送るように腕《うで》や肩も動かす。

「あら、みんな上手じゃない」

あたしたちは、へへっとわらった。ウエーブは、以前練習したからね。

「じゃあ、頭の先から足先までのボディウエーブもやってみよう」

ボディウエーブは、体全体をつかって波のようにゆらす動きだ。

ワン、ツー、スリー、フォー……。

「そう。やれそうだね。じゃあ、ハンドウエーブとボディウエーブをやって、そのあとにポップコーンやランニングマンで元気な動きを入れよう」

エリナさんが前に立って、ハンドウエーブ、ボディウエーブをやり、そのあとポップコーンのステップにつなげてやって見せてくれた。

あたしたちもいっしょに、エリナさんの手拍子《てびょうし》にあわせてやってみる。

「ポップコーンは、前に足をけりあげて。ワン、ツー、スリー、フォー。つぎ、ななめ前！ もっと元気よく！ それじゃあ、楽しさが伝わらないよ！」

手拍子にあわせて、何度もくりかえす。

「う〜ん、男女にわかれて、動きを変えてみようか」

「どういうこと？」

意味がわからない。

「五人が一列にならんで、同じダンスばかりおどってたら変化がないでしょう？ 人《にん》魚姫《ぎょひめ》を中心に、左右がちがう動きをしたり、前後が入れかわったり、腕《うで》をくんでおどったりすれば、動きがダイナミックになるし、見てるほうもあきないよ」

なるほど……。

「まずは、一列にならんで。イッポとミッキー、もう少しはなれて」

エリナさんが細かい指示をだして、列をそろえた。

「最初に、ネコ、サリナ、イッポはハンドウエーブ、ロボとミッキーはボディウエーブで、横と縦《たて》の動きをつける。つぎは逆《ぎゃく》をやってみて」

手拍子《てびょうし》にあわせて、それぞれウエーブをする。

「その後、全員で手をつないで、ハンドウエーブ！」

右から左へ、左から右へ、海のイメージにぴったり！

「それから、ポップコーンのステップをふみながら、女子が前にでて、男子がさがる。今度は逆《ぎゃく》！」

同じようにステップをふんでも、前後が入れかわるだけで、変化が生まれる。

「ランニングマンで、一列にならんだら、クラブステップ！」

クラブステップも、いままでかなり練習した、横に歩くカニのような基本《きほん》のステップ。足が内また、外またと、交互《こうご》にならないといけないところがむずかしい。

「ラスト、となりの人と腕《うで》をくんで、足をクロスしてステップ」

え……。ミッキーと腕をくむの!?

「イッポ、しっかりくんで！　中途半端《ちゅうとはんぱ》にするとみっともないよ！」

ためらっていると、さっそく、しかられてしまった。

ミッキーは全然気にならないみたいで、平気な顔をしている。あたしも開き直って、ぐっと腕《うで》をくんだ。

「はい、最初の場面は、そんな感じでいいんじゃない？　最後の場面も同じ動きをくりかえしたほうが、ハッピーエンドって感じでまとまりもでると思う」

うわぁ！　もう最初と最後のダンスが決まっちゃった！

こんなにどんどん、アイデアがでてくるなんて。さすが、ミュージカルを勉強しているだけあるなぁって思う。

「つぎは、王子が嵐《あらし》にあう場面ね」

「はいっ！　ぼくの出番です！」

緊張《きんちょう》した顔で、ロボが進みでる。

カチコチになって、はりきりすぎ……。

「ど、どんなダンスをすればいいですか⁉」

「そうだな〜。海に落ちる感じとか、波にさらわれる動きを表現《ひょうげん》して、それから……」

エリナさんも、ちょっと迷《まよ》っているみたい。ロボじゃ、あまり高度なテクニックはむずかしいだろうし。

「嵐《あらし》にあう場面が見せ場だろ？　しかも、王子だからかっこよくないとな。背中《せなか》で回ってみたら？」

ミッキーが、さらっという。背中で回るって……。

「ブレイクダンスをするの？」

エリナさんの言葉にあたしはおどろいた。ブレイクダンスは、はげしくてアクロバティックな動きが多いダンスだ。それに、高度な技術《ぎじゅつ》も必要で……ロボには、むりに決まってる！

「そんなにむずかしくないぜ。砂浜《すなはま》みたいにすべらないところじゃ、むりだけど」

ミッキーはきょろきょろしながら、どこからか段《だん》ボール箱を持ってきた。たたんだ段ボールの上に片手《かたて》をついて、両足を広げたままプロペラみたいに回す。勢《いきお》いがついたところで背中《せなか》をつくと、体全体を回しはじめた。

丸めた背中で、くるくると勢《いきお》いよく回りつづける。

一回転、三回転、五回転……。

そのまま勢いをつけて、ぱっと立ちあがった。

「な、かんたんだろ?」

そういわれても、だれもうなずかなかった。

ミッキーがやると、かんたんそうだけど……。

「ぼくには、ちょっと……」

ロボも、おじけづいたようにいった。

「そうねぇ。ミッキーみたいにやるのはむずかしいけど、もっとかんたんなやり方もあるし。ステージにすべる板を用意すれば、何回かは回れるんじゃない? ロボは体がやわらかいし、筋力《きんりょく》もあるから、案外すぐにできるかも」

うそ……。

エリナさんまで、その気になってる!

「もっと自信持って！　ロボなら、かっこいい王子さまになれると思うけどなぁ」

「ぼく……ぼく……」

真っ赤な顔で、ロボがうつむいている。ちょっと、かわいそう。

「やってみる！」

はぁ？

「じいちゃんがいったこと、いまわかったよ！　イケメンに負けるなって、こういうことだったんだね！」

……ちがうと思うけど。

「よーし、当日までに、背中《せなか》で回る技《わざ》、おぼえてみせる！」

ロボの目が、めらめらと燃《も》えている。

ま、本人がやりたいなら……いっか。

「つぎは、魔女《まじょ》が人魚姫《にんぎょひめ》に薬を飲ませて、声とひきかえに、尾《お》ひれを足に変えるっていうシーンだよね？」

「はい。でも、薬よりも魔法をかけるように、アレンジしようかと思って」

あたしがいうと、エリナさんはうなずいた。

「そうだね。魔法《まほう》をかけるほうが、大きな動きができそう。ネコなら、魔女のおそろしさや魔法をかけるシーンを、大胆《だいたん》に表現《ひょうげん》できそうだし」

「はーい。いろいろ相談させてにゃん！」

ネコは、魔女の役が楽しみでしかたないって感じ。

「つぎは、人間の足を手に入れて、人魚姫《にんぎょひめ》がおどるシーンか……。サリナのソロだね」

エリナさんは、サリナを見つめた。

「人魚姫が、はじめて陸にあがっておどるシーン。歩けるようになったけど、歩くたびに、ナイフで切られるように痛《いた》いの。でも、それ以上にわきあがる喜びを、ダンスで表現しなくちゃいけない。むずかしい場面だけど、できる？」

サリナとエリナさんの間の空気がはりつめた。

「うん。やってみせる」

その言葉に、強い意志《いし》を感じた。サリナは、どんなダンスをおどるつもりなんだろう。

「オーケー。じゃあ、ここはサリナにまかせた」

エリナさんがいって、ほわっと空気がゆるんだ。

「それから、舞踏会《ぶとうかい》のシーン。人魚姫《にんぎょひめ》と王子がいっしょにおどって恋《こい》に落ち、ハッピーエンドか……」

ここは、あたしとミッキーが人魚姫役と王子役になる。なんか、ドキドキ！

「単純《たんじゅん》な話だなぁ」

ミッキーにぐさっとさされたけど、そんな口の悪さにも、もう慣《な》れた。

「こういうのは、単純なほうがわかりやすくていいんだよ！　ダンスがメインなんだから」

「そうね、イッポのいう通りかも」

エリナさんがうなずくと、ミッキーもしぶしぶ肩《かた》をすくめた。

「まぁ、そうかもな」

ちぇ。エリナさんのいうことなら、素直《すなお》にきくんだから！

「ダンスはオレが考えるとして……、歌はどうするんだ？」

ミッキーにいわれて、言葉につまった。

舞踏会《ぶとうかい》のシーンが一番盛《も》りあがるところだし、ここで歌うのがいいような気はするけれど……。

「じゃあ、歌いながらダンスをすれば？」

エリナさんにいわれて、あたしは目を丸くした。

「そ、それはムリ！　歌いながら、おどるなんて……」

「どうして？　イッポ、歌いながらおどれるじゃない」

サリナがいうように、いままでも歌いながらおどったことはある。でも、それは……。

「ひとりなら、おどれるけど……」

ふたりでおどるってことは、動きをあわせなくちゃいけないわけで、しかも相手がミッキーなのに、歌まで歌うよゆうなんてあるわけない。

「だいじょうぶだよ。ミッキーはやさしいから、イッポにあわせてくれるって！」

エリナさんに、ポンと肩《かた》をたたかれた。

エリナさんったら……ミッキーのことをわかってない！

その証拠《しょうこ》に、ミッキーは大きなため息をついた。

なんだか落ちつかなくて、じっとしていられない。お昼ご飯を少しはやく食べおわると、あたしは海にいった。

海に向かって、Ｊ《ジェー》ポップを何曲か歌ってみる。でも、声は波の音にかき消されて、ぜんぜん響《ひび》かない。マイクをつかうとはいえ、エリナさんは、よくこんなところで歌えるなと感心した。

「なかなか、いい声してるじゃない」

ふりむくと、うしろにエリナさんが立っていた。

「でも、海に負けないためには、お腹《なか》から声をださなくちゃ。こうよ」

そういって、「あー！」と声をだす。こんな細い体のどこからっていうくらい、迫《はく》力《りょく》ある大きな声がでた。

「すごい……」

「毎日、ボイストレーニングをしているからね」

ボイストレーニング……？　あたしなんて、お風呂《ふろ》で歌っているくらい。

「イッポにも、教えてあげようか？」

「あたしには、むりだと思う」

いじけた気持ちで、小さな声でつぶやいた。

「何を弱気なこといってんの。イッポならできるよ！」

かんたんにいうエリナさんに、いいかえさずにはいられない。

「適当《てきとう》なこといわないでください！　エリナさんは才能《さいのう》があって、あたしの持ってないものを全部持ってるから……」

「そんなふうに思ってたの？」

エリナさんは、くすっとわらった。

「それって、わたしの表面しか見てないよね」

「表面？」

「そう。わたしから見たら、イッポのほうが、ずっといろんなものを持ってるように見える。いい仲間がいて楽しそうだし、可能性《かのうせい》がたくさんあるし。悩《なや》みなんかなさそうに見えるよ」

あたしに、悩みがないって？

かあっと、頭に血がのぼった。

「じゃあ、エリナさんには、どんな悩みがあるっていうんですか⁉」

勢《いきお》いでいうと、エリナさんは「たくさんあるよ」といいはじめた。

「ミュージカルダンサーなんて、山ほどいるんだから。成功する人なんて、ほんのひとにぎり。ダンスや歌がうまいのは当然で、そのうえだれにも負けない個性《こせい》や存在感《そんざいかん》がなくちゃ、とても生き残れない」

個性？　存在感？

「みんな、いくつもアルバイトをかけもちして、寝《ね》る間も惜《お》しんで練習して……ライバルと戦わなくちゃいけないの」

ミュージカルダンサーのきびしさが、ひしひしと伝わってくる。そこまでしてがんばる理由が、あたしにはわからなかった。

夢《ゆめ》って、なんだろう。

努力して、夢がかなえばうれしいだろうけど、かなわなければつらいだけ。

だったら、はじめから夢なんてないほうが楽？

それとも、夢がなかったらさびしい？

わからない……。

「イッポには、あきらめてほしくない。はじめからなんでもできる人なんて、いないんだから」

そういえば、ミッキーの泳ぎを見ながら、サリナとそんな話をしたっけ。ミッキーはダンスをするために、スイミングで体をきたえて、いろんな努力をしてきた。

もしかして、エリナさんも？

人は夢をかなえるためなら、がんばれるのかな。

「大切なのは、イッポがどうしたいか」

エリナさんの強い目におされて、息をのんだ。

いままでのあたしだったら、逃《に》げだしていたかもしれない。でも……。エリナさんが見ているせ世界を、あたしも少しでいいから見てみたい。

「あたしは……もっと、うまくなりたい。歌いたい！」

「わかった。そのかわり、本気でいくから」

エリナさんに見つめられて、あたしも覚悟《かくご》を決めた。


その日から、ダンスの練習と同時に、あたしだけボイストレーニングをはじめた。

エリナさんの顔は、いつもとちがってきびしい。

「まずは、正しく腹式呼吸《ふくしきこきゅう》ができるようにすること」

あおむけに寝《ね》て、両手をおへその上に置く。深く息をすいこむと、体中が潮《しお》の香《かお》りに満たされていくようだった。

「呼吸するたびに、お腹《なか》が上下するのを感じて。それが、腹式呼吸だよ」

腹式呼吸の感覚がつかめたら、起きあがって、背中《せなか》をまっすぐにしてすわる。

「鼻からゆっくりと息をすって、お腹がふくらんだら、口からゆっくり息をはきだして」

息をはくと、お腹《なか》がへこんでいくのがわかる。

「つぎに、いまと同じ呼吸《こきゅう》で声をだしてみて。声の大きさや、息をはく量を調整できるように」

「あ〜。あー！　あ……」

うーん、うまくできない。

腹式呼吸《ふくしきこきゅう》なんてかんたんって思ってたけど、条件《じょうけん》がいろいろくわわると、案外むずかしいことがわかった。エリナさんは、歌っている間も、すべてコントロールできるのかな。

腹式呼吸で音階をあげていくと、声がかすれた。

「イッポは、高音がちょっと苦しそうだね」

エリナさんのいう通り、高音は苦手《にがて》。だからたまに、オクターブをさげて歌うこともある。

「いいトレーニング方法があるから、やってごらん。リップロールっていうの」

「リップロール？」

首をかしげると、エリナさんは唇《くちびる》をぶるぶるとふるわせた。ふざけているのかと思ったけれど、顔は真剣《しんけん》。だから、あたしもマネしてみた。

「あれれ……」

なんだかうまくいかなくて、息がつづかない。

「よけいなところに力が入ってると、うまくできないの。リップロールをすることで、唇や顔の筋肉《きんにく》をリラックスさせて、高音をだしやすくする効果《こうか》もあるんだよ」

「ほんとうに!?」

こんなトレーニングで、高音がだせるようになるなんて……。ちょっと、信じられない。何度かつづけると、スムーズに唇がふるえるようになった。

「もう一度、音階やってごらん」

あたしは、半信半疑《はんしんはんぎ》でお腹《なか》から声をだした。「あー」といいながら、低音から高音にあげていく。

あれ……？

でる！　「あー」っていいながら、いつもはでない高い音がでていることにおどろいた。

「すごい！」

「毎日リップロールをすれば、もっとでるはずだよ。あとは、エッジボイスの練習ね」

知らない言葉ばっかり……。

「今度は、音をさげていって」

いわれた通り「あー」という音をさげていくと、これ以上さがらないってところで声がふるえた。

「声帯《せいたい》がふるえているの、わかる？」

あたしは「あー」っていいながら、首に手をあててみた。のどもとがふるえている。

「それが、声帯がとじている状態《じょうたい》。そのとじた状態で音階をだせるようになると、声帯の

開《あ》け閉《し》めを意識《いしき》してできるようになるし、息の量をコントロールする筋肉《きんにく》もきたえられるの」

あたしは、声をだすのも忘《わす》れてきょとんとした。

「それができるようになると、いいんですか？」

「あったりまえ！　このトレーニングをすることで、高音も低音も、きれいにでるようになるんだ。地声から裏声《うらごえ》への切りかえもスムーズになるから、音域《おんいき》が広がるし、歌が格段《かくだん》にうまくなるよ」

え〜！

こんな練習、いままできいたこともなかったし……。歌がうまいとかヘタとかって、生まれつきのものだと思ってたけど、トレーニングすると、ずいぶんちがうみたい。

「エリナさん、すごい！　魔法《まほう》みたい！」

はしゃぐあたしを、エリナさんはまぶしそうに見た。

「イッポを見ていると、昔の自分を思いだすよ」

エリナさんは、いまはもう手がとどかないというように、遠い目をした。

イッポ＆サリナの熱血ダンスレッスン

DANSTEP《ダンステップ》 2

クラブステップ編《へん》
Level ★★★

基本《きほん》のハの字ステップが上達への近道。しっかり体でマスターしようね。まずはつま先を内側に入れて、ひざを軽くまげる姿勢《しせい》からスタート！

はいっ！ が、がんばります！

1
右はかかとに体重をかけてつま先をうかせる
左はつま先に体重をかけて、かかとをうかせる
2
右のつま先は外へ、左のかかとは内へ
同様に右のかかとと左のつま先に体重をかけて、足を①の位置にもどす
3
この動きを今度は左右逆《ぎゃく》にくりかえすんだけど
イッポ
右のつま先が…!!
4
顔にハの字ができてるよ
右がつま先
左がかかと

※ここで立ち位置が右へずれる

交互《こうご》にくりかえすことで、左右にいったりきたりするステップが完成するよ。足を①のハの字の形にもどすのを意識《いしき》して！

7 エリナさんの別の顔

ステージのための練習がつづいた。

あたしがエリナさんに教えてもらっている間、他のみんなはソロの個人《こじん》練習をしている。

「あー、えー、いー、うー、えー、おー、あー、おー！」

エリナさんにいわれた腹式呼吸《ふくしきこきゅう》、リップロール、エッジボイスの他に、言葉がはっきりでるように、口を大きくあけて発声練習もした。

「もっと舌《した》をさげて、のどを開く！」

エリナさんから注意されるたびに、ひとつずつ直していく。うまくいかないこともあるけれど、エリナさんはおどろくほど根気よく練習につきあってくれた。

「舞踏会《ぶとうかい》のシーンで、イッポは、どんな歌を歌いたい？」

エリナさんにきかれて、あたしは考えこんだ。

「夏っぽい歌がいいかな。しかも、見ている人たちが知っているような」

「見ている人が、知っているような、かぁ」

エリナさんは腕《うで》をくんだ。

「若《わか》い人もいるけど、地元の常連《じょうれん》さんには、イッポの両親くらいの人が多いよ。そうすると、最近の曲なんかはむずかしいだろうな」

そっか……。あたしはA《エー》ガールズが得意だけど、お母さん世代は知らないかも。

「お母さんたちが、知ってる曲かぁ……。あ！」

「どうしたの？」

「みんなが知ってるかどうか、わからないけど……。お母さんが若いころ人気だったグループで、よくコンサートにいったって、この間、話してたことを思いだして。そのグループの曲に、夏にぴったりの元気な歌があるの」

「へぇ、なんてグループ？」

「たしか、プリンセス・ハートだったかな？」

ボーカル、ギター、ベース、ドラムの全員が女性《じょせい》っていうグループで、昔はかなり有名だったらしい。お母さんがコンサートでおどりまくってたなんて、信じられないけど……。

「ああ、それならわたしも好き！　『海色の夏』でしょ？　あのバンド、最近、再結《さいけつ》成《せい》したんじゃなかったっけ？」

「ああ、そういえば、そうかも！」

子育てがおわったから、また歌いたいって、記者会見してたのをおぼえている。最近、昔の歌が流行《はや》ったり、引退《いんたい》した人がまた歌いはじめたりして、ちょっとしたブームって感じ。

「それなら、若《わか》い人でも知ってるんじゃない？　うん、いいかも！　それにしよう！」

え、いいの？

「そうと決まったら、音楽サイトからその曲をダウンロードしておくね」

あっという間に決まってしまった。

エリナさんは、他の場面についても、おどりにあった音楽をダウンロードしてくれている。時間がないっていうのももちろんあるんだろうけど、てきぱきして、さすがって感じ。

「イッポ、調子はどう?」

ボイストレーニングがおわったころを見計《みはか》らって、サリナがやってきた。

「みんな、いい感じになってきたよ。ロボはあっちこっちにあざを作ってるけど、コツがつかめてきたみたいだし、ネコの魔女《まじょ》ダンスも迫力《はくりょく》あるし」

「へぇ、なんか、あせっちゃうな」

あたしがボイストレーニングをしている間に、みんなはどんどん先に進んでしまう。

「イッポは歌があるんだから、しかたないよ」

サリナとそんな話をしていると、他のみんなも集まってきた。

「それで、歌は決まった?」

「うん。『海色の夏』にしたんだけど……」

「海色の夏?」

あたしは、みんなの反応《はんのう》にドキドキした。そんな歌知らないとか、いやだっていわれたらどうしようと思った。

「オレ、好きかも」

ミッキーがつぶやいた。

「うちも知ってるにゃ〜！　いい歌だよね」

「ぼくだって知ってるよ。お母さんもお父さんも、ファンだったたって」

みんな、知ってるんだ！

「イッポ、夏っぽい、いい選曲だね」

サリナも、にこっとわらってくれた。

「これでやっと、ラストのダンスも考えられるな」

ミッキーがいって、またドキッとする。これから、歌とダンス、両方をおぼえなくちゃいけない。

「あ〜！」

とつぜん、ネコが叫《さけ》んだ。

「ど、どうしたの⁉」

みんなが、目を丸くする。

「衣装《いしょう》のこと、忘《わす》れてたぁ！　ミュージカルなら、衣装《いしょう》が必要にゃ～」

そっか。そういわれると、そうだけど。

「ここじゃ、衣装なんてそろえられないよ」

「だよねぇ」

みんなで顔を見あわせた。あたしたちが持っている洋服なんて、かぎられてるし……。

「わたしのスーツケースに入ってる服、自由につかっていいよ」

エリナさんが、なんでもないことのようにいった。

「いままでにつかった衣装とか、たくさん入ってるから」

「え～、でもぉ……。それ、切ったりぬったりしていいのぉ？」

ネコが、ちらっと上目づかいで見た。いくらなんでも、それはむりだよと、あたしがいいかけると……。

「いいよ」

さらりという、エリナさんにおどろいた。

「だって、アメリカにもどったら、また必要になるんじゃ……」

「いいんだよ。たぶん、もう、つかわないから」

ぽつんとつぶやいた言葉に、あたしは眉《まゆ》をよせた。サリナも動きがとまっている。

ネコだけが、「やったー！　材料さえあれば、うちがなんとかするにゃん！」と大喜びしていた。


その日の夜中に、ふと目が覚めた。

昼間は練習やお手伝いでくたくただし、いままでは、朝までぐっすりだったんだけど……。いろんなプレッシャーで緊張《きんちょう》しているせいかもしれない。一度目が覚めてしまうと、波の音が耳について、眠《ねむ》れなくなってしまった。

なんだか、のどがかわいたなと思って、一階におりていった。明かりをつけようか迷《まよ》ったけど、やめておいた。お客さんが起きちゃったらこまるし、月明かりで、台所のようすはうっすらとわかる。

冷蔵庫《れいぞうこ》から麦茶をとりだして、コップにそそいでいると、ろう下の向こうから話し声がきこえてきた。

「……うん。みんな元気だよ。だいじょうぶ」

エリナさんだ。だれかと話しているみたい……電話？

こんな時間に、どうしたんだろう？

麦茶を飲んでいると、自然と話し声が耳に入ってくる。

「わたし……バレエ教室、継《つ》ごうと思って」

えぇ!?

思わずむせかえりそうになって、口をおさえた。

エリナさんが、バレエ教室を継ぐって……どういうこと!?

「だって、サリナがかわいそうだし……。そうじゃないよ。もうミュージカルはあきらめるから。日本に帰って……」

心臓《しんぞう》が、ドキドキして苦しかった。エリナさん、ミュージカルダンサーをあきらめて、日本に帰ってくるの？　どうして!?

「そんな……。そうじゃないよ！　もしもし!?」

おだやかじゃないようすで電話がおわり、エリナさんの深いため息がきこえた。

ひたひたと、こちらに向かってろう下を歩いてくる足音がする。

わ、わ、どうしよう！

あたしはコップを持ったまま、あたふたとうろたえた。

「きゃっ！」

台所に入ってきた、エリナさんとぶつかった。

「だれ!?」

「あ、あの、あたし……」

「イッポ？」

怪訝《けげん》な声がして、緊張《きんちょう》がゆるむのを感じる。

「も～、脅《おど》かさないでよ」

「のどがかわいて……それで……」

「そっか。わたしものどがかわいたから、外で飲もうよ」

エリナさんに連れられて、あたしたちは裏口《うらぐち》のドアから、そっと外にでた。街灯の明かりが小さく灯《とも》って、その下では自動販売機《はんばいき》が、ブーンと低い音をだしている。

エリナさんは、自分にはビールを、あたしにはサイダーを買ってくれた。

「みんなには、内緒《ないしょ》だよ」

そういって、にこっとわらう。でも、その笑顔は、なんとなくさびしそうだ。

あたしとエリナさんは、砂浜《すなはま》へとつづく階段《かいだん》をおりるとならんですわった。

夜の海は真っ暗で、波も荒々《あらあら》しかった。

ザザーン、ザザザザザ。

ザザーン、ザザザザザ。

「月がきれいだね」

エリナさんにいわれて見あげると、月が凛《りん》とした光を放っていた。

冷たい缶《かん》のプルタブに指をひっかけて、プシュッとあける。シュワシュワとはじける泡《あわ》をのどに流しこむと、スッとして心地よかった。

「あの……エリナさん。バレエ教室、継《つ》ぐんですか？」

あたしは、さっき立《た》ち聞《ぎ》きしてしまったことをかくすことができなかった。

「きいてたんだ……失敗したなぁ」

エリナさんは、のどを鳴らしてビールを飲むと、長い髪《かみ》をかきあげた。

「どうして？」

「どうしてって……。長女がバレエ教室を継《つ》ぐのは当然でしょう？　小さいころからバレエをやってたから、いまからでも、きっとかんをとりもどせるだろうと思うし」

なんだか言《い》い訳《わけ》をきいているようで、イラッとした。

「それじゃあ、ミュージカルダンサーの夢《ゆめ》はどうするんですか？」

「だって、わがままばかりもいってられないじゃない。サリナも、お姉ちゃんは、周りに迷惑《めいわく》ばっかりかけてるっていってたでしょう？」

エリナさんはわらいながら、軽い調子で返してくる。

「わたしがバレエ教室を継いで、サリナが自分の好きなダンスをすれば、丸くおさまると思うんだけどな」

口《くち》もとはわらっているけど、目は真剣《しんけん》だった。

「でも、なんとかっていう有名なダンサーとおどって、今度、ブロードウェイにもでるって……」

「ああ、あれ？　うそうそ。ぜーんぶ、うそ！」

エリナさんは開き直ったように、アハハとわらった。

「ストリートダンサーの神さまとおどったのは、わたしじゃなくて、わたしのライバル。今度ブロードウェイでおどるのも別の人。わたしは、ただの落ちこぼれ……」

うそ……。

華《はな》やかで、ぶっとんでて、自信に満ちているエリナさんが？

「わたしなら、できると思ってた。アメリカでミュージカルダンサーになれるって。でも、ダンスがちょっとくらいうまくたって、それだけで生きていけるような甘《あま》い世界じゃなかった。表現力《ひょうげんりょく》や歌唱力、知力と体力と根性《こんじょう》と……わたしよりすごい人は、たくさんいるの」

いままで溜《た》めこんだどろどろしたものを、一気にはきだすようにいう。うつむいたエリナさんの体が、小さく見えた。

「だから、今度のステージを最後にミュージカルはあきらめて、そのまま日本でバレエ教室を継《つ》ごうかなって思ったんだ」

「……そんな」

「でも、お母さんに断《ことわ》られちゃった」

「え、どうして？」

あんなにバレエ教室を継がせたがっているサリナのお母さんが、断るなんて。

「バレエを甘《あま》くみるなって。きびしいよね。サリナだったら、きっと賛成《さんせい》してくれると思うのに」

サリナが、賛成？

「ちがう！　エリナさんは何もわかってない！」

怒《いか》りと悔《くや》しさが、こみあげてくる。

「サリナは、エリナさんにバレエ教室を継いでほしいなんて思ってない！　サリナは、自分とエリナさんをくらべて、ずっと苦しんでて……。でもやっと、向きあう決心をしたのに」

「サリナが……、そんなことといってたの？」

エリナさんは、信じられないというようにおどろいている。

「サリナは、エリナさんのことをもっと知りたいっていってた。自分のダンスを見つけるためにも、ちゃんと向きあって、乗りこえたいって！」

勢《いきお》いよく立ちあがったら、サイダーの缶《かん》が転がって、中身がシュワッとあふれでた。

「それなのに、エリナさんは逃《に》げるの？　いまの姿《すがた》を見たら、サリナはがっかりだよ。あたしだって、強くてかっこいいエリナさんにあこがれてたのに！　そんなかっこ悪い姿、見たくない！」

エリナさんが唇《くちびる》をかんだ。「サリナ……」とつぶやいて、泣きそうな顔になる。

あたしは、それ以上見ていられなくて、かけだした。

体中の血が、ドクドクとさわいでいる。

裏口《うらぐち》から入って、階段《かいだん》をあがり部屋にもどると、サリナが目をこすって布団《ふとん》から起きあがった。

「イッポ、どうしたの？」

「ううん……なんでもない」

そういって、布団《ふとん》にもぐりこんだ。目をとじても、エリナさんの顔がはなれない。

波の音が耳について、いつまでも眠《ねむ》れなかった。

8 パートナーの役割《やくわり》

「さあ、きょうも、気合い入れていくよー！」

早起きしたあたしは、みんなを起こして回った。

「いつもより、早くにゃい？」

ねぼけるネコを起こして、つぎは、男子の部屋に直行！

「ほらほら、いつまで寝《ね》てる〜！　マラソンにいくよ！」

「うっせぇなぁ」

ミッキーがあくびをする。

「イッポ、どうしたんだよ……」

ロボが、目をしょぼしょぼさせながらいった。

それでもみんな、しかたないというように着がえて、民宿の裏口《うらぐち》に集合した。

「どうしたの？　イッポらしくない」

サリナまで、そんなことをいう。

「気合いだよ、気合い！　あと、六日しかないんだよ！」

あたしは、自分の気持ちを奮《ふる》い立たせるようにいった。負けたくない。絶対《ぜったい》にステージを成功させてみせる。

「バカに火がつくと、とめられないからな」

ミッキーが、そういいながらまた大あくびをする。

いつもならムカッとくるけど、そんなのはムシ！

「いくよ〜！」

あたしは階段《かいだん》をかけおりて、浜辺《はまべ》に向かった。日がのぼって間もない浜辺は、まだどこかひんやりとして涼《すず》しい。

体の中で、昨夜《さくや》の出来事がちくちくと痛《いた》んでいる。あたしはそれをふりきるように、力いっぱい走った。

いつもの距離《きょり》を走りおわってもまだ足りない気がして、ひとりで走りつづけた。

何も考えられないくらい、へとへとになりたい。

気がつくと朝ご飯の時間で、あわてて大広間にいったものの、ひざからかくっとくずれ落ちた。

あれ……やばい。足に力が入らない。

「イッポ、だいじょうぶ？」

ふらふらするあたしに、サリナが心配そうに声をかけてくる。

う〜、なさけない。

「な、バカだろ？」

ミッキーのにくまれ口にも、いいかえす気力がなかった。

そこへ、エリナさんが入ってきた。

あたしは正座《せいざ》して、背筋《せすじ》をしゃんとのばして胸《むね》をはった。

「ぜんっぜん、だいじょうぶだから！」

みんなが、不思議そうにあたしを見る中、ご飯をかきこむ。

「ご飯を食べたら、すぐにボイストレーニングにいってくる！」

どんなに大変でも、つらくても、逃《に》げない。

心の中でくりかえして、食べおわると砂浜《すなはま》にとびだした。

「あー、えー、いー、うー、えー……」

「あ――――っ！」

となりから大きな声がきこえてふりむくと、エリナさんが大声を張《は》りあげていた。

「お腹《なか》から声をだすと、すっきりするね」

そういって、にっとわらう。きのうの弱気な顔とは、全然ちがう。

「どうして、となりでやるんですか？」

「わたしが、どこで練習したって勝手でしょ？」

あたしとエリナさんは、むっとしながらにらみあった。

もうっ！

あたしも、負けじと大声をはりあげる。

「あー！　えー！　いー！　うー……」

「もっと、お腹《なか》の底から！」

「あ――――！」

エリナさんは、ときどきあたしに注意しながら、自分も練習をつづけた。

昨夜《さくや》のようすだと、サマーフェスティバルのステージもやめてしまうんじゃないかって心配したけど、それはだいじょうぶみたい。でも、やっぱりちょっと、不安かも。

そうだ！

午前中の練習がおわって、みんなが海に入っている時間、あたしは民宿にもどった。

おじさんにたのんで、白い紙をもらう。

「イッポ～？」

声がして顔をあげると、もうお昼の時間になっていた。

「どこにいったかと思ったら、こんなところで何やってんの？」

サリナが、目を丸くしてあたしを見おろしていた。

「えへへ……。今度のステージのチラシ作ってんの！」

八月十一日（土）13時～　羽衣《はごろも》海岸フェスティバルで、白鳥《しらとり》エリナのミュージカル開催《かいさい》！　チーム　ファーストステップのミュージカルもお楽しみに！


「イッポ……どうしちゃったのよ」

「だって、たくさんの人にきてほしいじゃない？」

「そうだけど。お姉ちゃんのステージは、いつも常連《じょうれん》さんが見にきてくれるらしいよ」

「でも、新しい人にも見にきてほしいよ。家族連れとか、近所の人とか！」

エリナさんのステージを、少しでも多くの人に見てほしい。それに、チラシまで配られたら、エリナさんも中止にはできないはず！

「こいつ、思いこんだら、まっしぐらだからなー」

ミッキーも、あたしの作ったチラシをながめながらいった。

「こんなのより、ポスターをはったほうが効率《こうりつ》よくない？」

ロボが、眉《まゆ》をひそめていう。

「あー、なるほど！　手書きでたくさん書くのって、大変だなって思ってたんだ」

あたしったら、ミッキーのいう通り、まっしぐらにつっ走りすぎかも……。ちゃんと考えれば、もっといい方法が見つかるのに。

「じゃあ、両方作ったら？　ご飯食べたら、うちらも手伝うにゃん」

ネコが、きゅっと目を細めた。

「でも、みんな練習が……」

あたしが見回すと、みんな、しょうがないなぁって顔でわらう。

「イッポがいなかったら、練習にならないもん」

サリナがいって、みんなもうなずいた。

「ありがとう！」

もうひと回り大きい紙をもらって、あたしたちは手分けして、ポスターとチラシを作った。みんなで作業をすると、やっぱりはやい。手や足に絵具をつけたまま、近所の公園や公民館、その他、人が集まりそうな場所にポスターをはり、海の近くでチラシを配った。

結局、全部おわるのに、夕方までかかってしまった。

「よーし、これでますます手がぬけないな」

「どういうこと？」

目をぱちくりさせるあたしに、ミッキーは当然のようにいった。

「常連さんだけならエリナが目当てだから、オレたちがちょっとくらいヘタでもゆるしてくれるだろうけど、そうじゃない人たちも見にくるなら、きちんとやらないとまずいだろう？」

「え！」

そ、そうか。エリナさんにやる気をださせるつもりでやったことだけど、当然、あたしたちもがんばらなくちゃいけないわけで……。

あたしはその日もおそくまで、ボイストレーニングをくりかえし、「海色の夏」を歌った。


つぎの日、ミッキーに砂浜《すなはま》の木陰《こかげ》に呼《よ》びだされた。

「ラストのダンス、考えたから」

「え～、もう？」

あたしの歌のほうは、まだ練習しはじめたばかりなのに。

「あと五日しかないんだぞ。間にあわないだろ？」

た、たしかに……。

「みんなそれぞれ、自分のダンスを練習してるんだ。オレたちもはじめないと、特にオマエは間にあわない」

きっぱりいわれて、反論《はんろん》できない。

砂浜《すなはま》の向こうのほうでは、ネコがとびはねておどってた。さらに遠くの、人がいないところでは、サリナがおどっている。ロボは、地面がつるつるしていないと回れないからと、民宿のろう下を借りているみたい。

みんな、がんばってる……。

「とりあえず、『海色の夏』を流しながら、ひと通りおどってみるから」

ミッキーは、持ってきた音楽プレーヤーのボタンをおした。音楽サイトでダウンロードした曲を流す。前奏《ぜんそう》でリズムをとり、歌とともにおどりはじめた。

ホーシング、ニュージャックスイング、ロジャーラビット……。とびはねるような軽快《けいかい》なステップが、つぎつぎにとびだす。

「わぁ、いい感じ！」

元気で明るい、夏の歌にあっている。さすがミッキー、エリナさんに負けないくらい、アレンジがうまい！

「感心してんなよ。オマエもおどるんだから」

「あ……そっか。ごめん、もう一度おどってくれる？」

たぶんミッキーは、あたしにもすぐできるように、いままでやったステップをつかってくれてるんだと思うけど……。それさえも、あたしにとってはむずかしい。

「じゃあ、いっしょにやろう。そのほうが、おぼえるだろ」

「あ、うん」

もう一度音楽をかけて、ミッキーのステップにあわせておどる。

「じゃあ、ホーシングから。つぎ、ニュージャックスイング」

おどる前に名前をいわれると、ステップへの入りがスムーズだった。やっぱり、ス

テップを知っているかどうかって、重要だなって思う。

「もっと動きを大きく！　足をふりあげて！　左足じゃない、右！」

それでも、しかられてばかりだった。エリナさんみたいに、上手にミッキーのダンスにあわせるなんてできない。

砂浜《すなはま》に足をとられて、体が重かった。背中《せなか》や、腕《うで》や、太ももや、いろんなところが痛《いた》くなってくる。

最後には、とうとう足があがらなくなって、砂浜に手をついた。

「ごめん……」

はぁはぁと息を切らして、汗《あせ》をぬぐう。こんなんじゃ、ダメだ……。

「まだ、時間はあるから。ひとつひとつのステップをしっかりできるようにしよう」

「うん」

うなずくので精《せい》いっぱいだった。

「そんな顔すんな。なんとかなるよ」

ミッキー……。

どなられたほうが、ずっとマシだった。やさしい言葉をかけられると、自分がなさけなくてたまらなくなる。

「あたし、海で汗《あせ》を流してくる！」

あたしはかけだすと、T《ティー》シャツのまま、ザバッと海にとびこんだ。

歌とダンスの練習で、あっという間に一日がおわる。どんなにがんばっても、あせる気持ちは消えなかった。

あと、三日。

やや強い風が海からふいてきて、髪《かみ》の毛をかき乱《みだ》す。

あたしは、海に向かって声を張《は》りあげつづけた。「海色の夏」のサビの部分を、心をこめて歌う。

♪あなたとすごした　海色の夏　いえなかった想い
　あなたがいたから　強くなれた　いまならいえる　きっと

「高音が、きれいにでるようになったね。前よりしっかり声がでてるし、いい感じだよ」

ふりむくと、エリナさんが立っていた。

「あの……ありがとうございました」

エリナさんとは、気まずくなったままだったけど、きちんとお礼をいわなくちゃって思ってた。あたしの大好きな歌う力をのばしてくれたから。ダンスでは、いつも自信が持てないあたしだけど、歌があるおかげで、気持ちが前向きになれる。

「ううん……お礼をいうのはこっち。イッポみたいにガツンといってくれる人は、やっぱりありがたいよ」

「エリナさん……」

「でもほんとうは、まだ迷《まよ》ってる。わたしはサリナが思うようなすごい姉じゃないし、自分の居場所《いばしょ》さえわからない、なさけないヤツだもん」

居場所……？

「なんか、迷子《まいご》になっちゃった気分」

そういって、照れたようにわらった。

「エリナさんなら、きっと見つけられるよ」

強くて、きらきらと輝《かがや》いているほうが、エリナさんらしい。

「かんたんにいってくれちゃって。立場が逆転《ぎゃくてん》したね」

エリナさんはわらって、あたしの髪《かみ》の毛をくしゃっとなでた。

「ほら、今度はステップをふみながら、歌ってごらん」

いわれて、あたしは歌いながらおどった。

その日の午後、あたしたちとエリナさんは、別々に練習した。

エリナさんも、そろそろ自分のダンスを仕上げなくちゃいけない。あたしたちは、細かい動きや位置を確認《かくにん》しながら、通しておどってみることにした。

「なんか、イマイチ、華《はな》やかさが足りないなぁ」

全員でダンスをするところで、サリナが眉《まゆ》をよせた。

「そう？　衣装《いしょう》を着たら、またちがうんじゃない？」

あたしがそういっても、サリナは納得《なっとく》しない。

「もっと、パーッとした感じにできないかな？」

「パーッと？」

ネコもいっしょに考えこんだ。

「じゃあ、ポンポン持って、おどったら？」

「ああ、ビニールテープをさいて作る、ふわふわしたポンポン？」

「そう！　青い色のテープで長めに作れば、海っぽくていいにゃん！」

「それ、いいかも！」

サリナの顔が、ぱっと輝《かがや》いた。

「ポンポンを手に持っておどったら、海藻《かいそう》とかイソギンチャクのゆれる感じもでるかもね！」

「えー、ぼくたちもそれ持つのぉ」

ロボが、不満そうにいった。

女の子としてはかわいくてステキだと思うけど、男の子ははずかしい？

「別に、オレはいいぞ。目立ったほうがいいし」

「え？　そう？　目立つってことは、かっこいいかな？」

ミッキーにいわれて、ロボもころっと意見を変えた。

つぎは、ロボのブレイクダンスの場面。

両手で抱《かか》えるくらいの大きな板を持ってきて、砂浜《すなはま》に置く。どうやら、ステージでもそれをつかおうとしているみたい。

「これ、おじさんが用意してくれたんだ！」

ロボが、うれしそうにいう。

まず、両手両足を広げて、板の上についた。右手、左手と交互《こうご》に片手《かたて》で体を支《ささ》えながら、開脚《かいきゃく》した足をふりあげるように回す。ゆっくりだけど、片手で体を支える筋力《きんりょく》や、開脚をキープする体のやわらかさは、エリナさんのいう通り。勢《いきお》いがつくと、背《せ》中《なか》をついて回りだした。

一回転、二回転、三……。

せっかくついていた勢いが弱くなって、すぐにとまってしまった。

「勢いが足りないし、背中がべたっと床《ゆか》についてる。肩《かた》から入って足をひきつけ、背中の上のほうで回るようにするんだ」

ミッキーのいい方はきびしい。ロボ、いじけちゃった？

「そっか……。なるほどね」

そういいながら、ロボはひじをおさえて顔をしかめた。よく見ると、T《ティー》シャツや短パンからのぞいた腕《うで》や足に、アザができている。きっと、この練習のせいだ。

「背中《せなか》で回ることばかり意識《いしき》してたから、肩《かた》にはまだ、アザがないもんな〜」

そういって、ロボはハハッとわらっている。

「そこまでできたら、もうひと息だ。あとで、練習つきあうよ」

ミッキーの顔が、ふわっとやわらかくなる。ロボもうれしそうにうなずいた。

つづいて、ネコの魔女《まじょ》の場面だ。

雷鳴《らいめい》がとどろくようなはげしい音の後、おどろおどろしい音楽とともに、ネコがくるっと前転しながらでてくる。魔法をかけるようなしぐさで、おそろしい感じや不思議な感じを表現《ひょうげん》している。側転やブリッジや宙返《ちゅうがえ》り。身軽さを活《い》かしたダンスは、ネコにぴったりだった。

「つぎは、サリナのソロだね」

魔法をかけられて、足を手に入れた人魚姫《にんぎょひめ》が、うれしそうにおどる場面だ。あたしは自分の練習に必死だったから、サリナのダンスもほとんど見ていない。

どんなダンスか、楽しみ！

あれ？……音楽がはじまったとたん、眉《まゆ》をよせた。

サリナなら、もっと上手におどれるはずなのに、おそるおそるステップをふんでいる感じ。

でもそれは、やがて弾《はず》むように変化し、表情《ひょうじょう》もいきいきと楽しそうになっていった。

ああ、そっか！

サリナは、はじめて足を手に入れた人魚姫《にんぎょひめ》のことを考えて、はじめはぎこちなく、だんだん慣《な》れてくる感じを表現《ひょうげん》しているんだ！

やがて速いリズムの音楽になって、あたしは思わず息をのんだ。

両手を広げて、大きくはねる。

くるくると、ターンする。

優雅《ゆうが》で、きれいで、美しい。足を手に入れた人魚姫の喜びが、全身から伝わってくる。

それは、バレエそのものだった。

最後《さいご》に、両手を広げてポーズをつけた。

「サリナ、すごく上手！　でも、どうして？」

サリナは、自分とエリナさんをくらべてしまうことに苦しんできた。そのきっかけは、バレエだったはず。それなのに、同じステージでバレエをおどるなんて……。

「お姉ちゃんにいわれた通り、わたしも心のどこかで、バレエから逃《に》げてるだけじゃないかなって思ってたんだ」

あ……。きもだめしのとき、いわれてた言葉。

「自分だけのダンスを見つけたいなんていって、結局バレエから逃げてるだけなんじゃないの」って、エリナさんはいってたっけ。

「だから、バレエから逃げたわけじゃないことを、お姉ちゃんに伝えたくて。もう、お姉ちゃんと自分をくらべないって決心するためにも、バレエじゃないとダメだと思うの」

「サリナ……」

なんて、強いんだろう。

「それに、そんな姿《すがた》を見せれば、お姉ちゃんもがんばれるかなって」

照れたようにほほえむサリナに、胸《むね》がきゅっとした。

言葉をかわさなくても、サリナは、エリナさんの迷《まよ》いを感じとっているのかもしれない。

「つぎ、ミッキーとイッポだね。がんばって」

「うん、がんばるよ」

あたしは、ぐっとうなずいた。


サリナに勇気をもらったような気持ちだったけど、いざミッキーとならぶと、それだけでふるえそうになる。

「いくぞ」

いくぞって、いわれても……。

音楽プレーヤーから流れていた前奏《ぜんそう》がおわって、おずおずと声をだす。

のどのあたりがつまって、思うように歌えない。

ホーシング、ニュージャックスイング、ロジャーラビット……。

ミッキーとステップをあわせるのに精《せい》いっぱいで、歌に集中できなかった。

つい、足もとばかり見てしまう。

せっかく楽しみにしていた、ミッキーとのダンスなのに……。くやしさばかりがわきあがる。

おわって、ミッキーに「おい」と呼《よ》ばれた。

「オマエ、オレのこと、全然信じてないんだな」

思わずあたしは、目をぱちくりさせた。

「そんなこと……ただ、ちゃんとステップがあってるか、心配で……」

「ペアでおどってるんだから、いつだってオレがフォローする」

ミッキーが、ぶっきらぼうにいう。

「だから、おどってるときにそんな心配するな！」

「で、でも、迷惑《めいわく》かけられないし」

あたしはあわてていった。ミッキーがどうやってフォローするのかもわからないし、たよってばかりもいられない。

「迷惑とか、そういうんじゃない。イッポの失敗は、オレの失敗でもあるんだ」

「だから、それは、悪いと思って……」

ミッキーは、じれったいというように、「ちがうって！」と頭をかきむしった。

「相手が失敗しないようにするのも、もう片方《かたほう》の役目なんだよ」

「うん……」

よくわからないけれど、うなずくしかなかった。

9 台風接近中《せっきんちゅう》!?

お風呂《ふろ》からあがると、風の音が窓《まど》の外からきこえた。海辺は風が強いものだけど、びゅうびゅうと音を立てて、いつもより荒《あ》れている気がする。

あたしはダンスのことが気になって、眠《ねむ》れそうになかった。だれかに話をきいてほしいけど、エリナさんは美容《びよう》のためといってはやく寝《ね》ちゃうし、サリナは音楽をききながら、荷物の整理をしている。

ネコを見ると、バッグからごそごそと箱をとりだしていた。あれはたしか、ネコの裁縫箱《さいほうばこ》だ。

「何をするの?」

「衣装《いしょう》を仕上げないと、間にあわないにゃん」

そういって、ほぼできあがっている感じの衣装《いしょう》を見せてくれた。

「うわぁ、すごい！」

練習の空き時間やみんなが寝《ね》た後、ひとりで作ってくれてたんだ！

でもこれって、エリナさんの舞台《ぶたい》衣装で作ったんだよね……。

やっぱりエリナさん、ミュージカルダンサーをあきらめちゃうつもりなのかな。

そのことが心配だけど、ネコの真剣《しんけん》な顔を見ていると、衣装のほうも気になってくる。

「あたしも手伝うよ」

「うん！　じゃあ、まずはデザインを見てにゃん！」

そういって、ネコはスケッチブックをとりだした。

「わぁ、本格的《ほんかくてき》！」

スケッチブックを見せてもらうと、色鉛筆《いろえんぴつ》で、たくさんの洋服がていねいに描《か》かれていた。

「これ、この間のダンスの衣装だね！」

色はもちろん、ビーズやスパンコールの位置、丈《たけ》の長さなんかも細かく描《か》かれている。

ネコったら、こんなふうにして考えてたんだ。

「他にも、ドレスとかぁ、パンツルックとかぁ、いろんな洋服のデザインを考えたことあるよ！」

「楽しそ〜！」

それは、見ているだけでワクワクするような絵だった。まるで、本物のデザイナーみたい！

「うち、いつか、プロのファッションデザイナーになりたいんだ！」

「ファッションデザイナー？」

それって、将来《しょうらい》の夢《ゆめ》っていうこと？

「そう！　洋服大好きだし、みんなにかわいい

服、たくさん着てほしいし！」

「へぇ……」

サリナもよってきて、あたしと同じように、スケッチブックを見て感心している。

「ふたりとも、すごいよね」

あたしは、はぁっとため息をついた。

「何が？」

サリナとネコが、あたしを見つめる。

「ふたりとも、将来《しょうらい》の夢《ゆめ》とか、ちゃんと考えてるもん。あたしなんて、なんにもないし……」

そういうと、ふたりはくすくすとわらった。

「いいじゃない、いまはなくたって」

「そうだにゃ。いつかきっと、イッポにも見つかるし！」

そんなものかなぁ？

そのとき。

窓《まど》の下で、ドンッドンッという音がして、あたしたちはハッと顔を見あわせた。

「いま……、音が、したよね？」

「うん、した……気がする」

耳をすますと、風の音にまじって、やっぱり何かきこえる。外は真っ暗だし、こんな時間にお客さんがくるとは思えない。その証拠《しょうこ》に、おじさんもおばさんも、もう寝《ね》ているはず。

「ま、まさか、泥棒《どろぼう》？」

「幽霊《ゆうれい》かも？」

ネコがうれしそうにいって、背中《せなか》がぞくっとした。

「男子、起こしてみる？」

「でも、なんでもなかったらしかられそう」

となりの部屋はしずかだから、もう寝ているかもしれない。特にミッキーは、寝起きの機嫌《きげん》がめちゃくちゃ悪い。

「じゃあさ、ちょっと、ようすだけ見にいってみようよ」

サリナの提案《ていあん》で、あたしたちは三人で、一階におりてみることにした。お客さんを起こさないように、そっと。

その音は、大広間の窓《まど》のほうからきこえた。ガチャガチャと、窓《まど》をゆらす音がする。

「やだ……やっぱり泥棒《どろぼう》かも！」

「あ、あたし、おじさん呼《よ》んでくる！」

「たしかめてみるにゃん！」

「待って！」って、叫《さけ》んだときにはおそかった。ネコが、シャーッとカーテンをあけた。

あたしは心臓《しんぞう》がとまるかと思った。黒ずくめで、顔が髪《かみ》の毛でおおわれたおばけみたいなのが、窓にてのひらをべたっとおし当てていたからだ。

「きゃー、きゃー、きゃー！」

目をつぶりながら、両手をふり回す。

「お母さん！」

え……？

サリナがあわてて窓《まど》の鍵《かぎ》をあけると、黒いコートの人が部屋にあがりこんできた。

「も〜、ひどい目にあったわ！」

そういって髪《かみ》をかきあげたのは、サリナのお母さんだった。

「あー、助かった。だれも気づかなかったら、どうしようかと思っちゃった」

サリナのお母さんは、あたしたちの部屋にくると、身なりを整えてひと息ついた。寝《ね》ているみんなを起こすのは悪いからと、おじさんには、あしたの朝、あいさつするっていうんだけど……。

「どうして、ここにいるの⁉」

サリナが、顔をしかめながら問いつめた。

「きょうで、バレエ教室もお盆《ぼん》休みに入るから、ようすを見にきたのよ。だって、絵《え》理《り》奈《な》にまかせるなんて、心配じゃない」

「だからって、こんなおそい時間にくるなんて」

サリナの言葉がとげとげして、せめているみたい。

「もっと、はやくつく予定だったのよ。車できたら、お盆《ぼん》で渋滞《じゅうたい》しちゃって……。玄《げん》関《かん》の呼《よ》び鈴《りん》をおしても、だれも気づいてくれないんだもの」

この風の音じゃね……。それで、窓《まど》からしのびこもうとしてたのか。

「で、そっちはどうなの？　佐久間《さくま》先生から、ダンスの発表会をするとかきいたけど」

「発表会っていうか……海にあるステージでおどるんだけど」

「海のステージ？　絵理奈《えりな》もおどるの？」

「それは……」

いいながら、サリナは口ごもった。エリナさんは高校生のころ、家族にだまって、ここでひとりミュージカルをしてた。それが、ばれちゃう！

あたしたちが互《たが》いに顔を見あわせているのを見て、サリナのお母さんは、きびしい口調《くちょう》になった。

「あんたたち、かくし事《ごと》してるなら、正直におっしゃい。さもないと……」

さもないと、なんなのか気になるけど、サリナは「わ、わかったよ」と話を切りだした。どうせ、そのうちばれてしまうことだ。

サリナが話しおえると、サリナのお母さんは、あっけらかんといった。

「そんなの、とっくに知ってたわよ。絵理奈《えりな》がミュージカルにひかれてたことも」

「えぇ!?」

あたしたちはおどろいた。

「だから、絵理奈がニューヨークにいくことをゆるしたんじゃない。本気だってわかったから」

びっくりしすぎて、声がでない。

「とつぜん、家出した娘《むすめ》を放っておく親がどこにいるの？　自分で覚悟《かくご》を決めて、夢《ゆめ》を追いかけていったからこそ、やりたいようにやらせたの。ニューヨークには知り合いがたくさんいるから、さりげなく状況報告《じょうきょうほうこく》してもらってたし」

サリナの口も、ぽかんとあいたままだ。お母さんは全部知ってて、エリナさんを見守っていたってこと!?

「あの子がニューヨークでがんばってたことも、ゆきづまってたことも知ってる。だから、今回帰ってきたことが頭にきてるんじゃない」

はぁ……。サリナのお母さんって、すごい。

「だったらお母さん、お姉ちゃんのこと、なぐさめてあげたら……」

サリナが、とまどいながらいった。

「わたしがなぐさめて、絵理奈《えりな》が立ち直れると思う？　夢《ゆめ》はだれのものでもない、自分だけのものなのよ。やるか、やらないか、自分が決めること」

やるか、やらないか……。

エリナさんも、「大切なのは、イッポがどうしたいか」って、いってたっけ。

「夢をかなえるって大変なことだけど、だからこそかなえばうれしいものでしょう？　だから、がんばってほしいの」

夢……。あたしが疑問《ぎもん》に思っていたたくさんのことが、おしよせてくる。

「あ、あの、きいていいですか!?」

思わず手をあげた。いいにくいけど、知りたい！

「サリナのお母さんの夢は……その、エリナさんかサリナに、バレエ教室を継《つ》いでもらうことですか？」

だとしたら、エリナさんの夢《ゆめ》を応援《おうえん》するのは矛盾《むじゅん》している。

サリナも、じっと答えを待った。

「そうねぇ……」

そういって、肩《かた》をすくめる。

「むずかしいところだけど、ちがうかな」

ふっと、笑みをうかべた。

「わたしは、昔、イギリスの有名なバレエ団《だん》にいたの。プロのバレエダンサーになるのが夢だった」

え……そうだったんだ。

「入団するのがむずかしくて、日本人でははじめてだったのよ。だから、周りからの期待も大きくてね」

それってなんか、エリナさんの話と似《に》ているような……。

「でも、イギリスにわたって間もなく、仕事できていた貴《たかし》さんに出会ったの」

「貴さんって……お父さん!?」

サリナもはじめてきく話みたいで、おどろいている。

「お互《たが》い好きになったんだけど、周りはみんな反対した。わたしはまだ若《わか》かったし、これからっていうときだったから」

「ドラマみたい……」

「にゃ～」

あたしとネコは、うっとりと胸《むね》をときめかせた。

「パパはあきらめて日本に帰ったんだけど、わたしはバレエ団をとびだして、パパを追いかけたのよ」

「えぇ！」

「それって、かけ落ち!?」

ますます、ドラマみたい！

「家族は必死でわたしをさがしだして、連れもどそうとしたんだけど、わたしはバレエ団をやめるといい張《は》った。そして結婚《けっこん》して、絵理奈《えりな》が生まれたの」

「お姉ちゃんが……」

サリナが、つぶやく。

なんか、ため息がでちゃうほどのロマンス。そんな若《わか》いときにエリナさんを生んだから、サリナと年がはなれているのか。

「それで、お母さんは、バレエの夢《ゆめ》をあきらめたの？」

サリナが、顔をゆがめた。

「そうじゃないわ」

サリナのお母さんは、笑みを返した。

「もちろん悩《なや》みはしたけど、バレエもパパも、どちらも好きでいつづけようって決めたの。そうすれば、いつかきっと、夢《ゆめ》がかなうと信じて」

サリナが目を丸くする。

「それで、バレエ教室を？」

「そう。おかげでまた、大好きなバレエをはじめることができた。世界の舞台《ぶたい》で活躍《かつやく》しなくても、教えた子がいつか世界に羽ばたくかもしれない。そう思うと、自分のことのようにドキドキするわ」

「……ステキ！」

あたしは、胸《むね》に手をあてた。

「夢《ゆめ》は、たくさんあってもいいし、いろいろ変わってもいいと思う。でも、ひとつだけ守ってほしいことがあるの」

あたしは息をとめた。サリナとネコも、身動きひとつしない。

「それはね、好きで好きでたまらないことから、逃《に》げださないっていうこと」

好きで、たまらないこと……？

「パパをあきらめなかったから、絵理奈《えりな》と沙《さ》理奈《りな》が生まれた。バレエをあきらめなかったから、バレエ教室を開くことができた。何ひとつ、後悔《こうかい》してないわ」

背筋《せすじ》をしゃんとのばしていうサリナのお母さんが、大きく見えた。

「あのとき、あきらめて逃《に》げだしていたら、後悔《こうかい》したと思う。わたしは、絵理奈《えりな》にも沙理奈《さりな》にも、そんなふうに思ってほしくない」

だから、あんなにきびしいんだ……。

「もし、沙理奈にやりたいことが見つかったら、その道を進めばいいと思ってる」

お母さんは、サリナを見つめた。

「だったらどうして、いままでそういってくれなかったの？」

サリナがムキになっていう。むりもない。いままでずっと、バレエ教室を継《つ》がなくちゃいけないって、思いこんでたんだから。

「あなたが、まだ幼《おさな》いと思ってたからよ。小さいころは、興味《きょうみ》があっちこっちに向いてしまうものだから。でも、いつの間にか、思ってた以上に成長してるみたいね」

やさしい笑みで包みこむように、サリナを見つめる。

「でも、いますぐにバレエをやめる必要はないんじゃないの？　あなたが自分のダンスを見つけたいと思ったのも、バレエのおかげ。ダンスにもバレエにも真剣《しんけん》に向きあえば、自然と答えはでてくるはずよ」

「……うん」

そういって、サリナのお母さんは、あたしたちを見回した。

好きなものを大切にしなさいという言葉が、あたしの中にストンと落ちて、じわっと染《し》みこんでいった。

いつか、きっと。

あたしにも、夢《ゆめ》が見つかる。


つぎの日、サリナのお母さんの登場で、ちょっとしたパニックになった。

男子たちはぎょっとして、エリナさんは、「ひぇ！」と叫《さけ》んだ。いつもと変わらず落ちついていたのは、おじさんとおばさんだけ。お母さんの行動力には、慣《な》れているって顔をしていた。

でも、そんなことでさわいでる場合じゃない。ステージは、あしたなんだから！

まず、ネコがみんなに「ジャーン！」と衣装《いしょう》を見せた。

「え～、マジ、これ着るのぉ？」

ロボが、目を丸くした。

「スケスケじゃん！」

「ブルーを基調《きちょう》に、オーガンジーっていう、うすい布《ぬの》をつかってみましたぁ」

ネコが作ってくれたのは、妖精《ようせい》をイメージさせるような衣装《いしょう》だった。

「なんか、ピーターパンみたいだな……」

ミッキーがいった。

「うん。基本は、水着の上にオーガンジーをふんわりまとうような感じ。海の生きものは腕《うで》や足をひらひらさせて、王子さまは裾《すそ》をしぼったズボン、人魚姫《にんぎょひめ》は長い布を足にまきつけて、魚のしっぽみたいに見せる」

スケッチブックを開いて、デザイン画を見せてくれる。

ネコのセンスもアイデアも、海のイメージにぴったりだった。あとは、青いビニールテープで作ったポンポンを持てば、かなりいい感じになると思う。

「あとひと息！　きょうは、ラスト部分を中心に、通しておどってみよう！」

サリナがそういって、はりきって表にでたけれど……。

なんか、空気がちがった。

やけにじっとりと湿《しめ》って、重たい感じ。それに、風がいつもより強い。

階段《かいだん》の上に立っているエリナさんが、じっと空を見つめていた。あたしたちも見あげると、雲がすごい速さで流れている。

「天気が、荒《あ》れそう」

ぽつりとつぶやく。

「え……どういうこと？」

サリナがきくと、エリナさんは悲しそうな顔をした。

「嵐《あらし》がくるかもしれない」

あたしたちは、あまりのショックに茫然《ぼうぜん》とした。

どんどん風が強くなって、あたしたちはテレビの前に集まった。天気予報《よほう》では、お姉さんが台風の進路を説明している。

一体、いつからこんな予報《よほう》がでていたんだろう。部屋にはテレビがないし、みんなといれば楽しくて、テレビを見たいとも思わなかった。

そういえば、ここ二、三日、風が強いと感じてはいたけど……。

「きのうまでは、それるような予報だったんだ」

おじさんが、申《もう》し訳《わけ》なさそうにいった。

「みんな、いっしょうけんめい練習してるから、よけいなことはいわないほうがいいと思ったんだが……。まさか進路が変わるなんて、かえって悪いことをしたなぁ」

台風がきたら、宿泊《しゅくはく》のお客さんも減《へ》ってしまうはずなのに、おじさんはあたしたちの心配ばかりしていた。

テレビを食い入るように見つめる。

進路通りだと、あした、台風が上陸するようになっていた。

せっかく、練習したのに……。

あたしたちは、暗い気持ちになった。

「そんな顔しない！」

エリナさんが、パンッと手をたたく。

「自然のことなんだから、しょうがないじゃない。後は、運を天にまかせるだけ」

「運を天に？」

あたしたちは、窓《まど》から外をながめた。灰色《はいいろ》の空からは、いまにも土砂《どしゃ》ぶりの雨がふってきそうだ。

浜辺《はまべ》には、遊泳禁止《きんし》の赤い旗《はた》が立っていて、だれもいなかった。高い波は、おそいかかるようにこちらに向かってきている。

「台風がくるからって、じっとしているつもり？」

「でも……」

こんなときに、何ができるというんだろう。

「家の中でも、できることはある。ミュージカルで大切なことが、もうひとつあるでしょう？」

エリナさんが、首をかしげるみんなを見回す。

「それは、表情《ひょうじょう》だよ」

「表情?」

「そう。みんな、ダンスや歌のことでいっぱいいっぱいで、ミュージカルで大切な、表情のことを忘《わす》れてる。楽しいときは楽しく、悲しいときは悲しく。大げさなくらい顔を動かさないと、客席にはとどかない」

そういって、エリナさんはあたしを立たせた。

「イッポ、わらってごらん」

「えっと、こんな感じ?」

にかっとわらうと、「もっと!」といわれた。

「こう?」

口を大きくあけてわらうと、ミッキーが「バカっぽいな」とつぶやいた。

「バカとは何よ〜!」

「それくらいやっても、まだ足りないくらい。みんなが楽しそうな顔をすれば、客席の人たちだって、自然と笑顔になる。いまから、その練習をしよう」

エリナさんは、笑顔、悲しい顔、つらい顔をつぎつぎとやってみせた。

それをマネしながら、あたしたちも表情《ひょうじょう》を作る。

みんなでわらったり、泣いたり、怒《おこ》ったり。

最初ははずかしくて、ぎこちなかったけど、みんなでやれば平気！

互《たが》いにチェックしていると、おかしくて、どんな顔を見ても笑いがとまらなくなった。さっきまでの暗さもふきとんで、あたしたちの距離《きょり》が、さらにぐっと近づいた気がする。

「さぁ、いよいよあした、がんばろうね！」

エリナさんの気合いが伝わって、みんなの顔もきゅっとひきしまった。


その夜は、強い風や波の音でなかなか眠《ねむ》れなかった。

ガタガタと雨戸がゆれ、時折ザーッとはげしい雨の音がする。不安な気持ちの中、うとうとしながら、眠ったり起きたりをくりかえした。

やがて空が明るくなって、もう寝《ね》てはいられないと布団《ふとん》をとびだすと、サリナとネコも起きていた。

あたしたちは、うなずきあって着がえると、階段《かいだん》をおりて裏口《うらぐち》から外にでた。まだ夜明け前の空は、藍色《あいいろ》と紫色《むらさき》をまぜたようなグラデーションにそまってて、かすかに星も見えている。

海を見おろす階段の上に、黒髪《くろかみ》の女の人が立っていた。

だれだろう……。

「エリナさん！」

あたしはおどろいた。金髪《きんぱつ》だった髪が、つややかな黒にそめられている。青かった目も、コンタクトが外《はず》されて、ぬれたように黒く輝《かがや》いていた。

その姿《すがた》は、やっぱりサリナに似《に》ている。

風になびく黒髪をおさえるエリナさんのとなりに、ミッキーとロボがならんでた。

あたしたちもかけよって、いっしょに海を見つめる。

「あっ……」

波が、おだやかによせては返している。そして、海の向こうの空が、どんどん明るくなってきた。

水平線の一点が輝《かがや》き、とろりと溶《と》けだすように、まばゆい光があふれだす。

ザザーン、ザザザザザ。

ザザーン、ザザザザザ。

「ねぇ、地球のリズムが、きこえない？」

エリナさんが、ぽつんとつぶやいた。いわれてみると、波の音が、地球の鼓動《こどう》のようにきこえる。

「わたしは、このリズムが好き。地球も生きてるんだって感じがして」

地球も、生きている。

そしてあたしたちは、このリズムの中で生きている。

太陽が顔をだし、海面に散りばめられた光が、命のように輝きだした。

「きょうは、最高の天気になりそうだよ」

雲ひとつない空が、やがて真っ青にそまりはじめた。

10 夢《ゆめ》に向かって

みんなの思いがとどいたのか、台風は進路を変え、遠ざかっていた。きのうの天気が、うそみたいに晴れわたっている。

海岸では、地元の人やお店の人が、いそいで屋台をくんだり準備《じゅんび》をしたりしていた。かき氷、焼きそば、たこ焼き、ラムネ、磯《いそ》焼き。たくさんの屋台が立ちならび、「羽衣《はごろも》海岸サマーフェスティバル」と、大きなたれ幕《まく》がかざられている。あちこちで話し声や笑い声がきこえて、いつもよりにぎやかな雰囲気《ふんいき》だ。

じょじょにお客さんもやってきて、食べ物を買ったり、ゲームをしたり。ビーチバレー大会や、クイズ大会もあった。

あたしたちは、午後一番にでる。最後の練習をしていると、さらに人が集まってきた。家族連れ、カップル、年配の夫婦《ふうふ》……。あたしたちが作ったチラシを手にした人もいる。

ステージは、真っ黒に日焼けした地元のお兄さんたちが、青いビニールテープで海のようにかざりつけてくれた。

「あ、あたし、もう一度、発声練習してくる！」

お昼ご飯がのどを通らなくて、落ちつかなかった。

「イッポ、待って！」

エリナさんに呼《よ》びとめられてふりむくと、ぎゅっと抱《だ》きしめられた。

「それ以上やると、本番で声がかれちゃうよ」

ドキドキしていた心臓《しんぞう》が、ゆっくりと落ちついていく。

「だいじょうぶ。自分を信じて」

エリナさんは、小さい子にするように、トントンと背中《せなか》をたたいてくれた。

十三時になると、ステージの前は、人でいっぱいになった。客席の中には、サリナのお母さんもいる。

スピーカーから、キンッと音が鳴り響《ひび》いた。民宿のおじさんが、司会をしてくれている。

「みなさま、お待たせしました！　これから、白鳥《しらとり》エリナとファーストステップによる、ミュージカルをはじめます！」

ヒューッと、口笛が鳴る。拍手《はくしゅ》がわいて、歓声《かんせい》があがった。

「最初は、ファーストステップのダンスです。その前に、メンバー紹介《しょうかい》をします」

あたしたちは、おずおずとステージにあがった。なんだかはずかしい。

「男の子は、ミッキーとロボ！　女の子は、イッポ、ネコ、サリナです！」

あたしたちは、順番に頭をさげた。

おじけづいているあたしとちがって、サリナは堂々と前にでて、マイクを受けとる。

「わたしは、白鳥エリナの妹で、白鳥サリナです」

また、ヒュッと口笛が鳴った。「かわいい！」って声もあがる。

「わたしのライバルは、お姉ちゃんです！」

サリナの真剣《しんけん》な顔と勢《いきお》いに、お客さんたちがおどろいた顔をした。

だいじょうぶかなと心配になったけど、サリナはまっすぐ顔をあげていった。

「だから……絶対《ぜったい》に、お姉ちゃんに負けないダンスをします！」

サリナとエリナさんが見つめあって、パチパチと拍手《はくしゅ》がわいた。「いいぞ！」「がんばれ！」なんて、声があがる。

サリナがあたしのほうを見て、えへっとわらった。

「いっちゃった」

こっそりと、肩《かた》をすくめる。

「いいんじゃない？」

あたしもわらいかえした。

あたしたちは輪になって、だれともなしに手をのばし、重ねあった。

「ゴー、ファイト、ファーストステップ！」

いよいよ、本番だ！

あたしは、マイクに向かった。ちょっと緊張《きんちょう》したけれど、すーっと深呼吸《しんこきゅう》して、お腹《なか》から声をだす。

「はるか遠い美しい海で、人魚姫《にんぎょひめ》は、魚たちや仲間と楽しく暮《く》らしていました」

ナレーションの後、大きなスピーカーから、南国リズムのサンバが流れだした。

あたしたちは青色のポンポンを持って、はじけるような笑顔でステージにあがった。

一列にならんで、ステップをふむ。

夏の暑さのせいか、海辺の解放感《かいほうかん》か、見ている人たちの笑顔は明るくノリがいい。すぐに手拍子《てびょうし》がわいて、サンバにあわせて体をゆらしはじめた。

サリナの人魚姫を真ん中に、魚役のあたしたちは、海で楽しく暮らしているようすをダンスで表現《ひょうげん》する。

ハンドウエーブ、ボディウエーブでゆらゆらとゆれる。波のイメージと、海藻《かいそう》やイソギンチャクなんかのイメージが伝わるように、ポンポンをふりながらおどった。つぎに、ポップコーンのステップで元気よく、前後が入れかわって変化をだす。

ランニングマンのステップで一列にならんだら、みんなでクラブステップをした後、あたしはミッキーと、ネコはロボと腕《うで》をくんで右回り、左回り、左右にステップ。

最後は、五人で肩《かた》をくんで足をふりあげると、手をつないで上にあげた。

音楽が鳴りやんで、笑顔で客席に手をふりながら、あたしたちはステージからおりた。

あたし以外のみんなが、ヘッドセットマイクをつける。これで、おどりながらマイクをつかうことができる。

「ある日、人魚姫《にんぎょひめ》は、嵐《あらし》にあって海でおぼれかけている人間の王子さまを助けました。人に姿《すがた》を見せられない人魚姫は、気を失った王子さまを浜辺に残し、海へ帰りました。そのとき、人魚姫は、王子さまに恋《こい》をしてしまったのです」

ナレーションの間に、ミッキーがステージに板を置いた。すれちがいざまに、ロボがミッキーに何かを手わたす。

メガネ!?

いままで、あれほど外《はず》すのをいやがってたのに……。

メガネがなくて、だいじょうぶなのかな。心配しながら、顔をあげたロボを見て、思わずまじまじと見つめてしまった。背《せ》が高くて、眉《まゆ》がきゅっとあがってて、なんだかかっこいい！

ヒューッと、風がふき荒《あ》れるような効果音《こうかおん》とともに、低音が響《ひび》く音楽が流れてくる。

「ぼくは……ぼくは王子だ！　ダンスは得意じゃないし、運動だってきらいだ！　でも、どんな嵐《あらし》がこようとも、ぼくは必ず乗りこえてみせる！」

そういうと、ダウンのリズムをとりながら、左右にステップをふむ。体をゆらしながら、船がゆれる動きをあらわして、それがだんだんはげしくなる。リズムにあわせて、左右にクラブステップしながら、タイミングをはかっている。

そして意を決したように……板の上に手をついた！

右手と左手を交互《こうご》につきながら、足をうしろから前に、前からうしろに回しはじめた。

何度かくりかえした後、勢《いきお》いよく肩《かた》から入って、背中《せなか》の上のほうで回転しはじめる。

一回転、二回転、三回転……五回転！　やった！

わーっと拍手《はくしゅ》がわいた後、サッと起きあがり、ロボは頭をさげた。堂々として、き

りっとして、いつものロボとは全然ちがう。

ほんとうに、王子さまみたいに見える。

でも、なぜかロボは、立ちすくんだまま動かない。腕《うで》で目をこすっている。

泣いてる!?

泣くほど、がんばったんだ……。ロボにもう一度、あたたかい拍手《はくしゅ》がわいた。

ミッキーがロボを迎《むか》えにいって、ステージからおろしている間、あたしは再《ふたた》びマイクの前に立った。

「王子さまに恋《こい》をした人魚姫《にんぎょひめ》は、人間の足を手に入れるために、おそろしい魔女《まじょ》のもとをおとずれました」

ダッダーン！　と、爆音《ばくおん》が流れ、バリバ

リバリーッという稲妻《いなずま》のような音が流れた。

客席の人たちがおどろいて、中には本物の雷《かみなり》かと、空をあおいでいる人までいる。

真っ黒な衣装《いしょう》のネコが、前転をしながらステージに姿《すがた》をあらわした。

「ヒッヒッヒー！　うちは魔女《まじょ》。すべては思いのまま！　人魚姫《にんぎょひめ》に呪《のろ》いをかけて、悲しみのどん底につき落としてやるにゃーー！」

ネコったら、ノリノリ……。

腕《うで》を大きく広げて、魔法をかけるようなしぐさをしながらバク転。腰《こし》にさしていたステッキをぬくと、その先についたリボンをくるくると回した。

わ……。あんなのまで作ってたんだ。

その動きは、まるで新体操《しんたいそう》。でも、ネコの動きにはすごくあっている！　バネのような瞬発力《しゅんぱつりょく》とやわらかい動きで、リボンを操《あやつ》っている。表情《ひょうじょう》の練習をしたせいか、笑顔も不気味で魔女《まじょ》っぽい。

「イーッヒッヒッヒッヒ――――」という高笑いを残して、魔女のおどりがおわった。

拍手《はくしゅ》がわいて、あたしはまたマイクの前に立った。

「魔女に足をもらった人魚姫は、陸にあがることができました。これでやっと王子さまに会えます。けれど、魔女の呪《のろ》いのせいで、歩くたびにナイフで切られるような痛《いた》みを感じるのです。それでも人魚姫は、うれしくておどらずにはいられません」

足全体に青い布《ぬの》をまきつけたサリナが、ゆっくりと舞台《ぶたい》に進みでた。

うつむいたまま表情は見えないけれど、サリナの力強い声が響《ひび》く。

「いままでのわたしは、自分にないものをうらやみ、悲しみにくれていました。でも、いまから……生まれ変わります！」

音楽がはじまると同時に顔をあげて、バッと青い布《ぬの》をはぎとった。

「おおっ！」っと、客席からどよめきが起きる。

「わたしの夢《ゆめ》を、かなえるために！」

布《ぬの》からあらわれたのは、短いスカートからのびた、すっと細い二本の足。

ヒップホップの曲にあわせて、ダウンのリズムをとる。

「あっ！」

サリナがよろける。ふみとどまって、今度は逆側《ぎゃくがわ》に……。

ハラハラして見ていたあたしは、その動きに納得《なっとく》した。あれはダンスだ。

ただ、ふらふらしているように見えるけど、しっかりとリズムに乗っている。人魚《にんぎょ》が足に慣《な》れてないことを、ダンスで表現《ひょうげん》している。サリナは練習のとき以上に、人魚姫《ひめ》の変化にこだわってるんだ。

やがて足はしっかりして、だんだん速く、はげしくステップをふみはじめる。その動きはバレエに変わっていき、ターンやジャンプで、人魚姫の喜びを表現していた。

これが、サリナの人魚姫。凛々《りり》しくて、力強くて、かっこいい。

客席から、「すげー！」「かわいい！」って声がする。

ふりあげた足はどこまでもやわらかく、ポーズはぴたりと決まっている。人魚姫の

やさしさや強さも伝わってきて、バレエの表現《ひょうげん》の豊《ゆた》かさを感じた。
サリナの演《えん》じる人魚姫《にんぎょひめ》は、ほんとうに幸せそう。これは、演技《えんぎ》なんかじゃないのかもしれない。
サリナはエリナさんと自分をくらべるのをやめて、人魚姫のように、自由になって自分の足で立とうとしている。自分のダンスを見つける夢《ゆめ》をあきらめないと、エリナさんやお母さんに伝えているように見える。

なんか、感動……。

みんなすごい、すごすぎる。ロボも、ネコも、サリナも。

ちゃんと考えて、役になりきって。

くじけそうになるけれど、いまはそんな場合じゃない!

つぎは、ミッキーとあたしの番だ。

パンッと、両手でほおをたたいて、気合いを入れた。

「人魚姫《にんぎょひめ》と王子さまは、舞踏会《ぶとうかい》で再会《さいかい》しました。ふたりの愛《あい》の力で、声がでるようになった人魚姫は、今、高らかに歌い、おどります。どうぞみなさまも、いっしょにお祝《いわ》いしてください!」

ひと足先に、ミッキーが舞台《ぶたい》にかけあがって、前転、側転をしながら客席をわかせた。

「海色の夏」の前奏《ぜんそう》が流れる。見ている人たちが、「あぁ!」と笑顔になった。

年配の人も、若《わか》い人も、きいたことがあるって顔で、手拍子《てびょうし》をはじめてくれる。盛《も》りあがりも最高潮《さいこうちょう》!

いそがなくちゃと、舞台《ぶたい》にあがる階段《かいだん》に足をかけたとき、ヘッドセットマイクをつけていないことに気がついた。あわててもどろうとして、足をふみだしたら、何かにひっかかって階段の下にたおれこんだ。

ガタンッと、たおれる音。

キイィィンという、耳障《みみざわ》りなハウリング音。

一瞬《いっしゅん》、何が起きたかわからなかった。茫然《ぼうぜん》として、すわりこむ。

客席の人たちの手拍子《てびょうし》が、ぱらぱらと、とまどったようにやんだ。

あたしがひっかけたのは、黒いコード。ステージ下のナレーション用マイクがたおれていた。

ど、どうしよう……。

心臓《しんぞう》が、ばくばくする。頭の中が真っ白になった。

サリナがあわてて、もう一度、前奏《ぜんそう》から曲を流しはじめる。でも、さっきの盛《も》りあがりはもどらない。手拍子もないし、ヘッドセットマイクもない。

体がふるえて、動かなかった。

もう、ダメ。目をとじて、なにもかもあきらめようとした、そのとき。

大きな声が、頭の上からふってきた。

「姫《ひめ》、勇気をだすんだ！」

目をあけて、ぽかんと見あげる。逆光《ぎゃっこう》でまぶしくて、顔が見えない。

でも、そのシルエットは、たしかにミッキーだった。

「さぁ、あなたの歌声をきかせてください！」

堂々とした声が響《ひび》く。ステージの上から、ミッキーが手をのばしてきた。

「で、でも……」

ヘッドセットマイクが……。

「イッポが歌わないと、オレはおどれないよ」

いつもの調子で、ミッキーはふわりとわらった。

こんな状況《じょうきょう》で、あんな顔ができるなんて……。

ほんとうに、ほんとうにだいじょうぶなの？

体のふるえがピタリととまる。

オレを信じろと、ミッキーはいった。あたしが失敗しないようにするのも、自分の役目だと。

あたしが歌わないと、ミッキーはおどれない。

だったら……。

あたしは、ぎゅっと目をつぶった。

歌うしかない！

ぱっと開くと、その明るさに一瞬《いっしゅん》目がくらんだ。

太陽の光を、全身で受けとめる。

さっと手をのばすと、その手をミッキーがにぎりしめ、ぐいっとステージにひっぱりあげてくれた。

客席の人たちが顔を見あわせて、手拍子《てびょうし》をはじめる。

パンッパンッパンッパンッ。

心臓《しんぞう》のリズムが、手拍子と重なっていく。あたしは顔をあげ、声を張《は》りあげた。

「あたし、おどりたい……。魂《たましい》が熱くなるような、歌とダンスを！」

すると、ミッキーが信じられないほどの素早《すばや》さで、自分のヘッドセットマイクをあたしの耳につけた。

ポンッと背中《せなか》をたたかれて、まるでそれが合図のように歌いだす。

♪あなたとすごした海色の夏　いえなかった想い
　あなたがいたから　強くなれた　いまならいえる　きっと

となりでミッキーがリズムをとりはじめたけれど、どこのステップから入ったらいいか、どうおどったらいいか、さっぱりわからない。

歌声と手拍子《てびょうし》で、ミッキーの声もきこえない。どうしたらいいか、途方《とほう》に暮《く》れた。

ミッキーは、少し体をななめにして、あたしのほうに向いている。少しも不安を感じさせない、はじけるような笑顔で、ダウンのリズムに乗っている。

そんなミッキーを見ていたら、気持ちが落ちついてきた。

かすかにうなずかれて、あたしはミッキーがステップをはじめるつもりだとわかった。

ミッキーの足の向き、ひざの動き。

ホーシングだ！　そう思ったら、はじかれたように体が動いていた。

つぎは、ロジャーラビット。今度は、ニュージャックスイング。

ミッキーのちょっとした動きから、つぎのステップが予想できた。

不思議なほど、足もとが軽い。

今度はあたしがリードして、ステップを変えてみる。すると、それに反応《はんのう》して、ミッキーもステップをあわせてくれた。

見つめあい、ほほえみあい、ステップをふむ。

さっきまでの不安がうそみたい。ミッキーのステップならあわせられる。あたしのステップにもあわせてくれるって、信じられる。相手を信じるって、こういうことだったんだ！

楽しい……すっごく楽しい！

ステップをふみながら、客席に向かってほほえむ。両手を広げ、思いきり声をだす。

♪あなたを感じた海色の夏　かなえたい想い
　あなたがいたから　夢《ゆめ》見れた　いまならいえる　きっと

客席の人たちもいっしょに歌いだす。立ちあがっておどりだす。

あたしの気持ちと、見ている人たちの気持ちが一体になる。

こみあげてくる、この思いは何だろう。

これが、エリナさんがいってた、魂《たましい》が熱くなるような、歌とダンス……？

涙《なみだ》が、すーっとほおをつたった。

気がつくと、「ヒュ――！」という口笛や、「よくやった！」「最高！」という歓《かん》声《せい》に包まれていた。

サリナ、ロボ、ネコもステージにあがって、ラストのダンスをおどりだす。

ウエーブ、ポップコーン、クラブステップ……。最後に、全員でポーズをキメて、ハッピーエンドのミュージカルがおわった。

わあっと盛《も》りあがり、頭をさげる。

おわった……。

汗《あせ》をぬぐい、息をついた。

すると、「ちがうよ!」という声が、客席からとんできた。

ざわっと空気がゆれて、みんながふりかえると、小さな女の子が立ちあがった。とことこと、ステージに向かってやってくる。

「人魚姫《にんぎょひめ》は、王子さまと結ばれないんだよ。だって、死んじゃうんだもん!」

すんだ目で、まっすぐに見つめてくる。

人魚姫をハッピーエンドにしてしまったのはあたしだけど、こんなことは予想していなかった。

とつぜんのことに、どう答えていいかわからずにいると、盛りあがりがひいていくのを感じた。

ど、どうしよう!

「あ、あのね……」

顔をひきつらせながら、あたしが説明しようとすると、「ちょっと、待ったぁ!」と、とてつもなく大きな声がとんできた。

「大切な妹の命とひきかえなら、わたしのこの髪《かみ》、喜んで魔女《まじょ》にさしだしましょう!」

え!?

ハッとして顔を向けると、エリナさんがやってきて、ひらりとステージにとび乗った。そして、ぐっと長い髪をつかんだと思ったら、ざくっとハサミで切ってしまった。

きれいな、黒髪が……。

すべての人が、息をのんだ。

「ね、だから、人魚姫《にんぎょひめ》は死なないんだよ」

エリナさんがほほえんでいうと、女の子はにっこりとわらって「うんっ」とうなずいた。

「わあ――――っ!」と、拍手《はくしゅ》がわく。

「エリナ、いいぞ!」「短い髪もステキ!」なんて声がきこえた。

「さぁて、つぎはいよいよ、白鳥《しらとり》エリナのひとり芝居《しばい》でございます。どうぞみなさま、応援《おうえん》、よろしくお願い申しあげます！」

エリナさんにウインクされて、あたしたちはステージからおりた。

ふ〜……なんとか、助かった。

「ったく、エリナには、かなわないな」

ミッキーがいって、あたしたちもうなずいた。

「お姉ちゃん……」

サリナだけが、切られた髪《かみ》の毛の束を見つめていた。


エリナさんのひとりミュージカルは、「天女《てんにょ》の羽衣《はごろも》」だった。きっとこのために、髪の毛を黒くそめ、青い目のカラーコンタクトを外《はず》したのだろう。

美しい黒髪。整った顔だち。そして白い絹《きぬ》をまとったエリナさんは、本物の天女みたいに美しかった。

天女が、物語を歌いながらおどりはじめる。

若者に乞《こ》われ、天女の舞《ま》いをおどる場面。

羽衣《はごろも》をパッと空に向けて放り投げたかと思うと、くるりとまわり、長い布《ぬの》を体にまとわせながら受けとめた。優雅《ゆうが》に、美しく、はげしくおどる。それは物語と同じく、この世のものとは思えない、見事なおどりだった。

「ほんとうに、こんなおどりだったのかもな」

ミッキーが、ぼそっとつぶやいた。

ずっとおどっているのに、エリナさんは汗《あせ》ひとつかいてない。息ひとつ乱《みだ》れない。

その姿《すがた》は神秘的《しんぴてき》で、幻想的《げんそうてき》で、命がけだった。

悲しそうに舞《ま》い、うれしそうにおどる。

短い髪《かみ》をふり乱《みだ》し、一心不乱《いっしんふらん》におどる姿《すがた》は、見ている人の心をひきつけた。よせては返す波の音が、物語の一部のように、みんなの心をゆり動かす。すごい気迫《きはく》。もしかして、これが最後のステージだから……？　こみあげてくる不安を、ぐっとおしかえした。

エリナさんが両手を広げ、優雅《ゆうが》に沈《しず》みこむように頭をさげると、どっと拍手《はくしゅ》がわいた。

ぜんぶんに喝采《かっさい》を浴びた後、エリナさんはすくっと立ちあがった。拍手と歓声《かんせい》がひいていくのを待って、凛《りん》とした声を張《は》りあげる。

「ここは、わたしの心のふるさと。なつかしい、大好きなところ。みなさまとお別れするのは名残惜《なごりお》しいですが、わたしは、帰らせていただきます」

そういって、すっと、はるか向こうの空を指さす。

「わたしのいるべき場所……」

いるべき場所って……まさか、エリナさん!?

「アメリカに！」

わあっとみんなが立ちあがって、拍手《はくしゅ》した。

「がんばれよー！」

「成功したら、もどってこいよ！」

みんな、エリナさんを応援《おうえん》している。そして、サリナのお母さんも目をうるませながら、温かく見守っていた。

「お姉ちゃん！」

サリナがかけだして、ステージのエリナさんに抱《だ》きついた。小さな子どもみたいに泣きじゃくって、背中《せなか》をふるわせている。

「もう、泣いちゃダメじゃない」

エリナさんはわらいながら、サリナの背中をやさしくなでた。

ああ、いいな。やっぱり、姉妹ってうらやましい。

より大きな拍手がわいて、ステージはおわった。

日が落ちて、空気がひんやりしてきた夕暮《ゆうぐ》れ。

片《かた》づけをおえたあたしたちは、宿に向かってのんびりと砂浜《すなはま》を歩いた。

「きょうのステージ、佐久間《さくま》先生にも見せてあげたかったよね～」

あたしがいうと、

「うん。人魚姫《にんぎょひめ》をアレンジしたダンス。イッポのアイデア、よかったよ！」

サリナにほめられて、ちょっと得意な気分だった。

「本番であんなミスをするようじゃ、まだまだだけどな」

またミッキーに、ちくっといやみをいわれた。さっきは、あんなにやさしかったのに！

でも……いっか。今回は、ミッキーのおかげで助かったし。

ダンスをするたびに、ちがう自分が見えてくる。ちがう世界が見えてくる。

こうやって好きなことをつづけていれば、きっと夢《ゆめ》も見つかるって信じられる！

「でもさぁ、合宿、あしたでおわりにゃん。つまんなーい！」

ネコが、はぁっとため息をついた。

そっか……。

きょうまで、必死で練習してきたから、すっかり忘《わす》れてた。あと、一日かぁ。

「じゃあさ、あしたは、思いっきり遊ぼうよ！　すいか割《わ》りと、ビーチバレーと、花火と……」

あたしの提案《ていあん》に、みんなも「よーし、やろう！」と乗り気になった。

この勢《いきお》いで、あたしとミッキー、人魚姫《にんぎょひめ》と王子さまみたいになっちゃうかも⁉

あたしは妄想《もうそう》しながら、「きゃ〜っ！」と照れまくった。

「あれ……。でもぼくたち、何か、大切なこと忘れてない？」

ロボが、眉《まゆ》をひそめた。

せっかく盛《も》りあがってるっていうのに、ロボったら！　あたしは、眉をよせてにらんだ。

「何も忘れてないよ！　ステージも無事におわったし、お土産《みやげ》は帰りでいいし……」

「あ、宿題？」

ミッキーがつぶやく。

あ……。

「全然、やってないにゃん！」

さーっと音を立てて、血の気がひいた。

「あー、ごめん、忘《わす》れてたぁ」

うしろで、エリナさんがのんきな声でいった。

宿題をやって帰らなかったら……お父さんとお母さんに何をいわれるかわからない！

「まぁ、あした一日がんばれば、なんとかなるんじゃなーい？」

エリナさんが、ウシシとわらう。

うそでしょ⁉

「どうして⁉　あしたは、合宿最後の日なのに～！」

あたしは、じたばたと砂《すな》をふみしめた。

「まぁまぁ。また、来年もくればいいし」

サリナがフォローしようとするけれど、エリナさんがアメリカにいったら、これるわけないじゃん！

「わたし、がんばるからさ」

エリナさんが、ふっとわらった。

「ほんとうにブロードウェイに立って、今度はみんなをアメリカに招待《しょうたい》するよ」

アメリカ……？

「やったー！」

あたしは、両手を空につきあげた。

今度は、アメリカ旅行だ！

「オマエって、ホント能天気《のうてんき》なヤツだよなぁ」

ミッキーが、あきれたようにいう。

ちぇっ。ミッキーったら、夢《ゆめ》がない！

「そういう素直《すなお》なところが、かわいいんじゃない」

エリナさんが、あたしの首に腕《うで》をまきつけた。そして、こそっと耳もとでささやく。

「イッポの恋《こい》も応援《おうえん》してるからね。がんばれ！」

顔が、かぁっと熱くなった。

「え、えっと……。ダンス、がんばります！」

あたしはエリナさんから逃《に》げるように、ダーッと砂浜《すなはま》をかけだした。
恋《こい》もダンスもがんばろう！
そして、いつか……。
あたしもエリナさんみたいに、ステキな夢《ゆめ》を見つけてみせる！

あとがき

工藤純子

今回は、ダンス合宿にいくお話です。夏、海、合宿というだけで、テンションあがりますよね⁉ しかも、いっしょにいくメンバーに好きな人がいたら、イッポじゃなくても「きゃ～！」って舞《ま》いあがっちゃうと思います。

そして、友だちと泊《と》まる楽しみといったら、やっぱり夜！ いつもとはちがう、特別な時間。こわーい話をしたり、コイバナで盛《も》りあがったりするかもしれません。そして、いつもだったら、ちょっとはずかしくていえないようなことも、うちあけられるかもしれませんよね？ たとえば、将来《しょうらい》の夢《ゆめ》の話とか……。

わたしが作家になりたいと思ったのは、小学校五、六年生のときでした。当時、仲のよかった子にさそわれて、物語を書いて交換《こうかん》するようになったんです。現実《げんじつ》ではかなわないことも、物語の中ではなんだって可能《かのう》です。それが楽しくて、わたしは夢中《むちゅう》になりました。そして作文に「将来、子どもの本を書く作家になりたい」と書いたのです。それが、何十年も経《た》って現実《げんじつ》になるなんて、思いもしませんでした。

まだ、夢《ゆめ》なんてわからないって子も、たくさんいると思います。イッポもまだ、夢を見つけてはいません。でも、「好き」とか「楽しい」「もっと知りたい」という気持ちが、きっといつかステキな夢を運んできてくれるはず。

チームワークもよくなって、今度はクラスのみんなとダンスに挑戦《ちょうせん》!? どうぞ次回もお楽しみに☆

最後に、いつもかわいいイラストを描《か》いてくださるカスカベアキラ先生、ダンスのアドバイスをしてくださるダンサーの西林素子《にしばやしもとこ》さん、どうもありがとうございました！

作◉工藤純子（くどう・じゅんこ）

東京都在住。てんびん座。AB型。

「GO！GO！ チアーズ」シリーズ、「ピンポンはねる」シリーズ、『モーグルビート!』、「恋する和パティシエール」シリーズ、「プティ・パティシエール」シリーズ（以上ポプラ社）など、作品多数。『セカイの空がみえるまち』（講談社）で第3回児童ペン賞少年小説賞受賞。

学生時代は、テニス部と吹奏楽部に所属。

絵◉カスカベアキラ（かすかべ・あきら）

北海道在住の漫画家、イラストレーター。おひつじ座。A型。

「鳥籠の王女と教育係」シリーズ（集英社）、「氷結鏡界のエデン」シリーズ（富士見書房）など、多数の作品のイラストを担当。児童書のイラスト担当作品としては、『放課後のBボーイ』（角川書店）などがある。

学生時代は美術部だったので、イッポたちと一からダンスを学んでいきたい。

図書館版 ダンシング☆ハイ
海へGO！ ドキドキ☆ダンス合宿

2018年4月　第1刷

作　工藤純子
絵　カスカベアキラ
発行者　長谷川 均
編集　潮紗也子
発行所　株式会社ポプラ社
〒160-8565　東京都新宿区大京町22-1
振替　00140-3-149271
電話（編集）03-3357-2216
　　（営業）03-3357-2212
インターネットホームページ　www.poplar.co.jp
印刷・製本　図書印刷株式会社
ブックデザイン　楢原直子（ポプラ社）
ダンス監修　西林素子

ISBN978-4-591-15776-3 N.D.C.913/223p/20cm

本書は2015年8月にポプラ社より刊行された
ポケット文庫『ダンシング☆ハイ　海へGO！ドキドキ☆ダンス合宿』を図書館版にしたものです。